栀子花开

乐忆英 著

天津出版传媒集团
百花文艺出版社

图书在版编目（CIP）数据

栀子花开 / 乐忆英著 . -- 天津 : 百花文艺出版社，2024.4

ISBN 978-7-5306-8808-3

Ⅰ . ①栀… Ⅱ . ①乐… Ⅲ . ①小小说—小说集—中国—当代 Ⅳ . ① I247.8

中国国家版本馆 CIP 数据核字 (2024) 第 066698 号

栀子花开
ZHIZI HUAKAI
乐忆英　著

出 版 人：薛印胜
责任编辑：郑　爽
装帧设计：悟阅文化
出版发行：百花文艺出版社
地址：天津市和平区西康路 35 号　**邮编：**300051
电话传真：+86-22-23332651（发行部）
+86-22-23332656（总编室）
+86-22-23332478（邮购部）
网址：http://www.baihuawenyi.com
印刷：成都市兴雅致印务有限责任公司
开本：880 毫米 ×1230 毫米　1/32
字数：182 千字
印张：7.25
版次：2024 年 4 月第 1 版
印次：2024 年 4 月第 1 次印刷
定价：69.00 元

如有印装质量问题，请与成都市兴雅致印务有限责任公司联系调换
地址：成都市金牛区沙河源街道陆家桥社区
电话：028-83181689
邮编：610000

自序

小小说是时尚的文体，这一形式，时间其实并不长。二十世纪八十年代初，小小说开始出现在中国，以简练、短小、精悍的形式，赢得了广大读者的喜爱。最初对国内小小说创作产生影响的是二十世纪五十年代苏联和东欧的小小说，以及中国古代笔记体小说。

小小说，也称微型小说，是小说的样式之一。不少报刊开辟的栏目也各不相同，有称“小小说”“微型小说”“微篇小说”“极短篇小说”，也有称“一分钟小说”“超短篇小说”“袖珍小说”等等。小小说的特点是篇幅短、人物少、故事情节简单，以小见大，即通过小事件和细节来揭示重大主题的特征。这就要求创作者别出心裁，构思精巧，引人深思。

在字数上，小小说有较严格的要求，一般几百字，多则不超过一千八百字。在这么小的篇幅中，只能截取生活中具有特殊意义的某个片段或某个场景，进行横断面的描写。而且节奏变化要紧凑，构思结构要精巧。换句话说，也就是在选题时，要抓住一事一物、一情一景，从大处着眼，小处落笔，深入发掘，展开联想，为读者创造一个比现实生活更为广阔、更为深远的艺术境界。

正因为篇幅短，所以难写。现代短篇小说大师欧·亨利时常以既在意料之外又在情理之中的结尾，打破读者对故事发展的预期，故这种文学手法得名为“欧·亨利式结尾”。其核心特点是在故事结尾处出现一个戏剧性的转折点，通过这个转折点来实现故事的出人意料和令人难忘。另一位对中国小小说作者影响深远的作家，是日本现代科幻小说作家星新一，以微型小说著名，作品最大特点是构思巧妙，被尊称为“日本微型小说之神”。他一生共创作微型小说一千多篇，其中不少构思创意奇特、富有文学价值与哲理深意。

中国小小说发展四十余年，早已成为读者喜闻乐见的一种文体，一种文坛不能小觑的文体。因阅读快捷简明，又不失小说故事的完整，相信在以后很长时间里，小小说仍然会被广大读者所喜爱。

这就是作为平民化、大众化、世俗化的小小说的魅力。

目 录
CONTENTS

第二辑　凡尘琐事

第三辑　爱情公寓

第四辑　幻想星空

第一辑

大城小事

球迷罗杰

故事发生在一九九八年六月。

出租车司机罗杰是个标准的铁杆球迷，自打法国世界杯开幕以来，他就不揽生意了，每天待在家里看世界杯足球赛，由于时差关系，作息日夜颠倒。罗杰与几位同好大半夜喝着啤酒，观看电视直播，看到兴奋处，指手画脚，大喊大叫，闹得邻居半夜打电话报警，更把他的女友李丽晾在一边。气得李丽发誓说再也不进他家的门了。

这天下午，剃着光头的罗杰去医院找李丽。

李丽还在怄气，一见罗杰把头发也剃光了，气得一拍桌子说："滚！我不想再见到你！"

罗杰却不生气，默默地递上一份病历卡，李丽一看，马上就心软下来，他俩毕竟相恋了两年，还把婚期定在了明年开春。

李丽是青镇医院的牙医，接过病历卡对罗杰说："怎么了？啤酒喝多了，牙疼呀？"

没想到罗杰甩出一张相片，轻描淡写地对她说："把我的牙弄成他这个样子。"

李丽一看，差点儿晕过去，原来是巴西球星罗纳尔多的相片，罗杰想把自己整齐的牙齿弄成他的模样，把门牙扒到嘴巴外面来。

李丽上气不接下气地抓起相片撕得粉碎，边往罗杰脸上砸去，边说："你给我滚！跟他去结婚好了！"

罗杰走后，李丽再也忍不住了，伤心地趴在办公桌上哭开了。

不料，临下班的时候，李丽忽然接到一个电话，是派出所打来的，让她去派出所接罗杰。

原来，罗杰听说县城医院的牙科排起了长队，那些球迷们都愿意把门牙扒到嘴巴外，因此罗杰打算开车直接去县城。

可当他路过大林子的剃头店时，一眼瞥见大林子正在练飞镖，罗杰定睛一看，不由大吃一惊，当即怒气冲冲地打开车门下来，冲进剃头店大喝一声："你小子找死呀！"

大林子一怔，见是罗杰，没理他，仍然一边扔着飞镖，一边嘴里恨恨地说："打死你！打死你！"

镖案上的图案竟是球星罗纳尔多，他的脸上被飞镖打得伤痕累累，尤其是光头部位，几乎是满额镖痕了。

罗杰一看自己最崇拜的球星成了这模样，他瞪着眼睛一把扭住大林子，往门外一摔，然后操起家伙就把镜子玻璃砸碎了，大林子眼睁睁地看着疯狂的罗杰，把店里的东西砸了个稀巴烂，好一会儿才想起打电话报警。

就这样，两人一同进了派出所，所长问明情况后哭笑不得，心说还没见过这样疯狂的球迷呢。又问大林子："那你为什么要用罗纳尔多的相片练飞镖？"

大林子愤愤地说："这小子！留什么发型不好，偏偏剃光头，害得我们剃头店没了生意！"

李丽知道这一切后，又气又好笑，她把所长拉到门外，悄悄地说："所长，我有一个要求，还请帮个忙。"

所长说："只要符合情理，我会考虑。"

李丽说："我请求，千万别放他出去，就让他待在拘留所里，等世界杯结束再放他出来。"

所长听了这话，惊得瞪大了眼睛，说："为什么？"

李丽不好意思地一笑，说："你看他那副疯狂相，还是让他在里边冷静一下……"

刊山西《中外故事》1999 年 4 期

张山的第二职业

张山干了一辈子乡邮员，他所走过的路能绕地球十几圈。那时候乡下多是泥泞小路，靠的是一双大脚，风里来雨里去，从没耽误过事。张山对待工作一丝不苟，在本市是有口皆碑的，所以年年被评为市级先进工作者，有一年还被评为省劳动模范。不过，这工作特点就是鞋子特不经穿，最高纪录是有一年他穿破了二十双球鞋。工作几十年来，究竟穿坏多少双鞋，连他自己也记不清了。这些见证着革命光荣传统的破烂鞋子他一双也没丢弃掉，统统被他堆放在自己家的阁楼上，码得整整齐齐，所以一走进张山的家，就会闻到一股浓浓的鞋臭味。去年五一国际劳动节，市电视台采访部分劳模代表，两位记者走进张山的家，那位娇滴滴的年轻女记者，在张山家里待了不到十分钟，竟然被熏得晕了过去。

改革开放后，经济搞活了，村村通了公路，张山送信不再靠双脚走路，改为骑自行车下乡，而这时通讯也发达了，对邮政的冲击是巨大的，现在没什么人寄信了，尽管一次次提高了邮资，薪水却没跟着涨，所以日子也过得艰难。面对现状，张山也难免有些黯然，但工作还得继续干下去。

这天，张山骑车送报纸到石头村，看到一户农家门前围着许多人，张山凑上前去一看，哈，是一件稀奇事。原来是这户村民家的一只小猫逮着一只老鼠，捉了放，放了又捉，最后竟然还和老鼠一起玩耍。众所周知，猫和鼠是天敌，而这家的猫和鼠竟成了朋友，张山看到这儿心中不由一动，他送报纸也常常看新闻，知道新闻热线电话，张山觉得这个事情挺有意思的，于是他马上掏出手机给报社打了热线电话，很快就来了两个记者，还拍了照片。

第二天报纸就刊登出来，题目是《石头村一农户家奇事：小猫爱上了老鼠》，还通知张山去报社领取一百元钱，说是报料费。

这么轻松就来钱，张山简直乐坏了。他也没想到这偶然的一件事，却改变了自己的生活。从此，张山送报纸更来精神了，沿途不是东看看就是西瞅瞅，希望猛然间发现有趣的事儿。下了班，骑着那辆除了铃不响、其余哪都吱吱作响的破自行车到处转悠，发现哪里起火了、哪里车祸了，就赶紧给报社、电视台打电话。一个月下来，收入不菲，竟然超过了他的工资耶！

不出半年，省、市二十多家报社和十多家电视台都采用过张山报料的新闻，张山也成了报料大王，市工人报还专门采访了他，新闻题目是《既是劳模，又是报料大王》。

这年冬天的一个傍晚，张山在城东一带转悠，听说前面不远处有一辆车翻了，好像还有人受伤，他赶紧给七八家报社、电视台打电话报料，自己也急忙骑着那辆破自行车往前赶去。到现场一看，张山顿时傻了眼，原来那辆车是运猪的，因为超车撞到隔离带，然后翻了车，数了数共死伤八头猪，张山抽了一根烟，心中也有了主意。

这时，都市新闻报记者小张和小陆开着车赶到了，张山对他们说：“瞧瞧，又是车祸，题目我都给你们取好了，叫《宁慢三分，不抢一秒》。”小张点点头，心说来都来了，就整一篇吧。

晨报记者小王是打车过来的，还带了个实习记者小孙，张山说：“小王啊，你看这个题目怎么样？《超车，死伤八头猪》。”小王说：“好吧，就这题目吧。”

市有线电视台小周和摄影小吴也来了，张山迎上去说：“我已想好了题目，肯定抓人眼球。”小周说：“什么题目？”张山说：“《这头猪真聪明，赶在翻车前跳出死亡地段》，怎么样？”小周一看，公路边共死伤八头猪，唯有一头猪安然无恙。小周心说就这么着吧。

晚报记者小钱是骑摩托车来的，张山说：“钱大记者来了，你看这题目怎样？《猪脑袋撞破，还在原地转圈》。”小钱顺着张山的手指望去，原来公路边八头猪中间，有一头猪脑袋上鲜血淋淋的，大概被撞成了脑震荡，一个劲地在原地转圈。小钱不由笑了，说：“行啊，老张，新闻眼功夫到家了。”

接着是青年报记者小李来了，张山说：“好新闻好新闻。”小李说：“不就是车祸，撞死了几头猪吗？”张山说：“你瞅瞅那，题目就是《都是广告牌惹的祸》。”小李一看，不远处立着一大幅广告牌，广告牌上是一个美女冲着你微笑，难怪会发生车祸，小李心说果然是好题目耶。

张山望了望眼前好几拨记者，心想今天收获真不小，就在这时，又开来一辆采访车，是市电视台新闻频道的美女主持人小黄和摄影小林，小黄看了看现场，对张山说：“老张啊，真有你的，我还以为出了特大交通事故呢。”张山挠挠头皮，又数了数记者，突然说：“《死伤八头猪，来了十记者》，小黄，这不就是新闻？”

戴着眼镜的摄影小林这几天正感冒着，喉咙呼噜呼噜的，冷不丁听了这话，“啊啾！”一声，鼻涕眼泪喷了张山满头满脸。

刊河南《故事世界》2008年6月

湖北武汉《新智慧故事》2008年8期选载

选入《2008年值得中学生珍藏的100篇幽默故事》（华东师范大学出版社2009年1月）

选入《中国最好看的微型小说大全集》（中国华侨出版社2011年1月）

外商的疑虑

凤鸣市不仅山清水秀，而且民风淳朴，这些年还相继修复了许多名胜古迹，吸引了一大批外国友人前来边旅游边考察，有的想在这里投资建厂。

这天，凤鸣丝织公司的李经理接到市委办打来的电话，说是下午有一位外商要来丝织公司进行实地考察。

放下电话后，李经理不禁喜上眉梢，连忙找来办公室主任小王，让他去准备一下。

这两年丝绸行业不景气，凤鸣丝织公司也是举步维艰，如履薄冰，李经理每天愁得焦头烂额。这下可好了，他心情舒畅地点燃一支烟，朝窗外一望，只见公司园区内今年刚种下的梧桐树全部活了。李经理心里喜滋滋地想，市委倡导的广植梧桐树，看来果然是个好兆头，今年刚植下一百株梧桐树，就引来了一只“金凤凰”。

下午一时，几辆豪华轿车徐徐驶进了凤鸣丝织公司，外商尤利斯先生在市委书记的陪同下，缓缓走进公司会议室。听取李经理对公司的情况汇报后，尤利斯满意地点了点头，然后准备下车间看看。

翻译把李经理拦住了，说：“尤利斯先生的意思，你就不必去了，他想随意走走。”

李经理一愣，马上笑着说：“可以，当然可以。”

望着一行人走出办公室后，李经理心想，果然与众不同。

李经理对自己公司的内部管理系统，还是充满自信的。

凤鸣丝织公司年年都是市级先进单位，一些乡镇丝绸企业也常常前来参观取经。可以这么说，对前来检查、视察或者验收、考核之类的事，从不用提前做任何准备，随时随地抽查都会达到标准。当然这与李经理平时的从严要求是分不开的。

第二天，李经理迫不及待地打电话去市委办询问结果，不料回答说泡汤了。

李经理大惑不解，连忙问是哪儿出了纰漏。

市委办的人告诉他，尤利斯先生下车间，见到车间大门一侧的宣传橱窗里有十几幅人像照片，问这是干什么，翻译说这是公司职工工作干得好，上了光荣榜。

尤利斯先生听了，大为惊诧，他摊开双手问：“员工不都该好好干吗？怎么，一个车间几百号人就这么几个人干得好？”

面对尤利斯先生的迷惑，陪同人员面面相觑，不知如何作答。

尤利斯先生还说：“在我们那里，谁要是被亮相，那他离开除就不远了。”

李经理听完后，点燃一支烟，陷入深思之中。

刊江西《宜春日报》1998 年 12 月 2 日

红色连衣裙

夏天的时候，小芹总爱穿红色连衣裙。

在人们眼里，小芹的红连衣裙款式比其他女孩的新式，穿在身上自然也比其他女孩漂亮，仿佛这款式是特意为小芹而设计的，更加显得她苗条秀丽，高雅纯洁。其实小芹还小，只有十八岁，在市艺术学校求学。每天上学或放学回家，都要经过这幢单身楼。小芹的家就在前面的那一幢家属楼里。

这家厂是男子汉的天地，只有几个女人，况且都已结婚生孩子了。所以这幢单身宿舍里的一大群光棍儿都把目光投向如花儿一样美的小芹身上。处在这个年龄的女孩都天真活泼，纯洁浪漫，又蹦蹦跳跳，小芹也不例外。闲时常到单身楼这里坐坐，那里聊聊，于是这单身楼的气氛一下子就热烈起来。哥们儿围着红裙子像冬天里围着一团火。日子久了，就难免发生些哥们儿为红裙子而钩心斗角，争风吃醋的事来。

这天黄昏，哥们儿吃了饭都在走廊上穷聊，孙大头不知从哪儿借来一架破望远镜，移来移去地看着，突然在某个方向停住了，神情是那么的专注，嘴巴也不由自主地张大了。

“看、看到了、什么？”李结巴地把一张麻脸凑过来，一边去抢望远镜。

“让我再看一会儿嘛。”孙大头死死捏住望远镜，这时哥们儿都注意到了，那个位置正是小芹家，窗是开着的，透过绿色的纱窗，依稀可看到有个朦胧的身影在晃动。

于是哥儿们乱成一团，抢那望远镜。

终于，有人掉下了楼，望远镜也掉下去了，砸得粉碎。好在楼不高，掉下去的人只是摔坏了一条腿。

小芹依然穿着红裙子轻盈盈地飘来，有时与几个同学一起来。

哥们儿也依然像铁钉围着磁铁一样，围住小芹，嘻嘻哈哈地乐。

小芹不在的时候，哥们儿都夸自己与小芹的关系发展得如何如何，争得天昏地暗，却始终没有一个敢去小芹家找小芹。

小芹的爸就是这家厂的厂长兼书记。

终于有一天，一位哥们儿说：“小芹最近找了个对象，好潇洒好漂亮的小白脸。”

哥们儿一听，不约而同地都透了一口气，仿佛这如花似玉的小芹应该找这个好潇洒好漂亮的小白脸，而这里的哥们儿无论哪一个都配不上她。

那哥们儿又说：“小芹的父母都不同意那小白脸，可小芹还是偷偷地与小白脸相会。”

哥们儿又都长吁短叹一番。

秋天来临的时候，小芹毕业了，与那小白脸一起不辞而别，离开了这座城市，双双去了海南。

于是单身楼不再疯狂了。哥们儿聚在一起的时候，有时仍然嘻嘻哈哈互相调笑一番，只是静默的时候多，抽着烟盯着对面，各自想心事。梦里依然有小芹的身影不时晃动。

冬去春来。初夏的时候，小芹突然一个人回来了，她瘦了，黑了，也成熟了许多。在她父亲的帮助下，进了一家工厂工作。

这天，小芹又穿上红连衣裙来到单身楼。见了哥们儿主动打招呼，哥儿们一愣，随即也问了好。

不一会儿，哥们儿陆陆续续都来了，讲几个笑话，然后哈哈一笑。只是小芹觉得，气氛中总有点儿别扭。

回到家，小芹脱下红裙子，仔细折叠好，放在箱子的最底层。

从此以后，哥们儿就再也没有看见小芹穿那条漂亮的红色连衣裙。

刊浙江《信息时代报》1995年11月6日

黄海买假

黄海是一位自由撰稿人，自从北京出了个王海，打假成名以后，黄海对王海钦佩极了，每到“3·15”，他就会拿出一两篇有些分量的作品，把本地的“3·15”推向高潮，因此黄海在小城有些知名度。

这天早晨，黄海买菜回来，忽然想起烟盒里只剩两三支香烟了，他是夜猫子，经常熬夜写文章，自然是烟不离手，所以他拎着菜篮顺便去离家不远的那家小店买烟，他是那店里的常客。买了两盒烟后，黄海回到家里，看看时间还早，就坐下来准备修改昨夜写的文章。拆开烟盒抽出一支点燃，思绪还未展开，蓦地感觉到今天的烟味道不对，他只吸了一口就被呛着咳嗽了好一阵，黄海怒气冲冲地拿着刚买的两盒烟来到那家小店。

正巧今天逢着工商部门对假冒伪劣产品进行大检查，黄海把两盒烟扔在柜台上，对店老板张山气愤地说："今天的香烟味道不对劲，你卖假烟给我这个老顾客是不作兴的。"

张山见了黄海十分尴尬，小声地说道："黄师傅，有话好好说嘛，你看现在……"

那两位正在忙着检查的工商干部一个姓陈，另一个姓胡的，是位女性。小陈听着声音耳熟，转过身来见是黄海，不禁笑了，说："哟，这不是黄大记者吗？今儿个也买到了假烟？"边说边拿起黄海扔在柜台上的香烟，抽出一支点燃，然后细细品味。

"这些假烟会害死人的。"黄海振振有词地对小陈说："你们工商部门应该常常下来检查才是，让广大烟民们抽上正宗烟。"

小陈吸掉了大半支烟，对黄海说："我说黄大记者，你今天的咽喉要道是不是失灵了？这烟可是绝对正宗，我敢拍胸脯保证。"

黄海一听，瞪大了双眼说："你别逗了，我常在这儿买烟，我心里有数的，今天这两盒味道肯定有问题！"说罢从口袋里掏出昨天买的那盒，里面还剩两支烟。

小陈接过一看，指点着说："你呀，真假都分不清，这盒不用吸就知道是假的，你看看这包装外盒——"

"这、这是咋回事？"黄海狐疑地望着张山说："我在你这儿买烟，少说也有几十上百条了，都是一个味儿，今天这两盒怎么回事？"

张山耷拉着脑袋缩在一旁，这时只好苦着脸道出实情，原来他为了谋取暴利，以前卖的全是假烟，这回事先得到消息，才收起假烟换上了正宗香烟。

黄海听了这话，同样苦着脸，哭笑不得地说："这么说，我以前抽的全是假烟了？"

刊山西《百姓故事》1999年11期

选入《古今故事会丛书》第1辑（内蒙古文化出版社2001年1月）

变味

这天，著名集邮家刘杰应邀去风景秀丽的T市出席第五届省市集邮报刊研讨会。一下火车，他就打车去了"望湖宾馆"。跨入门厅，便见正中竖着一块黑板，上面写着："热烈祝贺省市集邮研究会胜利召开！"左下角一行小字写着祝贺单位——"T市印刷厂贺"。

作为东道主的T市邮协秘书长小丁一见刘杰，马上热情地迎上来跟他握手，刘杰指着黑板小声问道："怎么变成集邮研究会了？通知上……"

小丁哈哈一笑，打断刘杰的话说："管它怎么写，人家出了赞助费的。"

小丁拉着刘杰来到设在门厅一角的会务组报到签名，然后领到一份资料和住宿房门钥匙。刘杰望望四周，发现ABCD县邮报邮刊的主编们聚在一块儿聊天，他心里边觉得奇怪极了，原来，是他们的穿着打扮不合体，不仅不合体，而且还有点不伦不类。你看，《C县邮报》的主编老李瘦得像一根丝瓜似的，他一手拎着包，一手挽着西装，不知为何却把大号衬衫穿在了羊毛衫外面；而《A市集邮》的老张胖得像个肉团，却偏偏穿着一条健美裤，要多滑稽有多滑稽；最好笑的是来自沿海的《B县邮刊》主编老赵，时令只是初夏，风吹来还冷飕飕的，他却戴着一顶浅蓝色凉帽。

刘杰这一看，险些笑出声来，他不解地拉住刚到的《F县集邮报》孙主编，问怎么回事，不料老孙听了，无奈地耸耸肩，然后从身后拿出一个小巧的女式皮包扬了扬，说："没办法啦，人家出钱赞助了，唯一要求就是让咱在会上亮亮相，多宣传宣传。"

刘杰一脸迷惑地说："连你们邮电系统也诉苦拉赞助，那别人还活不活呀？"

老孙苦笑，说："你这人不看报怎么的？邮政年年亏损，办报经费也年年减少，明年我们邮报可能会停办啦。"

这时小丁拍着手让大家去六楼会议室就座，刘杰随着大家进了宽敞又豪华的会议室，抬头一看，见横幅下竟然也写着赞助单位："T市包装用品厂。"

刘杰纳闷地问坐在旁边的老钱："举办这次会议有多少赞助单位？"

"这可说不准，少则一两个，多则五六个吧。"

老钱是《Z市集邮》主编，上一届研讨会的东道主，他掰着手指说："上一回在咱们那里举行，住的星光大酒店怎么样？设施一流，跟这望湖宾馆差不多吧？住一天费用就是二百五，两天五百，少算点，按四十人算就是两万。另外，加上租用会议室啦，资料打印费啦，出集子啦，开幕式闭幕式酒会还得加酒加菜，每人再发点纪念品什么的，没有五六万开不了，这可不是个小数目，不靠赞助怎么行？”

不一会儿，人到得差不多了，刘杰暗暗数了数，五十多人，比上几届少了四分之一。接着会议就开始了，东道主《T市邮报》主编老周首先致辞，然后依次交流经验。发言者热情，气氛也相当热烈，个个底气足喉咙响，只有刘杰垂着头，懵懵懂懂地坐在那里，他原本打算发言的，可自进入宾馆后的所见所闻，他又一下子找不到感觉了。

好不容易挨到了吃晚饭，刘杰随大伙走入餐厅，坐定后一看，晚餐果然很丰富，不用说肯定加酒加菜了，刘杰喝一口酒，悄悄问一旁的小丁：“这酒宴不会是赞助的吧？”

小丁一愣，望望刘杰，迟疑地说：“经费早没了，今天这酒宴是××鼠药厂赞助的。”

听了这话，刘杰刚吞下的酒又从鼻孔里喷了出来。

刊山西《中外故事》2000年5期

无声的较量

新年临近，各路剪绺（即小偷）纷纷活跃起来，他们混迹在人群中，紧盯着人们的腰包，伺机下手狠“赚”一笔，然后回家过大年。

“反扒能手”老李这阵子忙得脚打后脑壳，连自个儿的家也顾不上，每天吃住在派出所里。

这天上午，他在一家超市逮到两个欲拎别人包的女贼，一问却是两哑女，一个年岁稍长，另一个二十五六岁左右，老李把两人带到派出所做笔录。然而糟糕的是，不管老李问什么，她俩要么自顾打手势交谈，要么冲老李摆手或者摇头，俗话说十聋九哑，看来她俩八成是聋哑女，老李取笔让她们写，她们则乱涂乱画一番，不知是真不会写还是故意装的，这下老李没辙了，只好把她俩晾在一边，让人去请聋哑学校的手语老师帮忙。老李一看表，已过了中午十二点，这才想起还没吃午饭，就去外面叫了三碗面过来，自己端了一碗，另两碗给两哑女，两人相视一望，互相打一下手势，老李心想，吃就吃吧，还打什么手势？却见年岁稍长的那人端起碗就狼吞虎咽地吃起来，看来真是饿了，年岁稍轻的那人看一下碗，从口袋里掏出餐巾纸擦了擦筷子，老李心中突然一动，端着碗走到窗口去吃。

只一会儿工夫，两人就吃完了，老李过去把碗收拾好，不料忙中出错，一不小心碰翻了一只碗，油腻腻的汤水洒了一桌子。年轻的那位正靠在桌边，衣服上也沾了不少汤水，她忙不迭地掏出餐巾纸擦衣服。老李在一边吧嗒吧嗒地抽烟，一支烟抽完了，才取过纸写了一行字，交给年轻的哑女，这哑女一看，上面这样写着：“你年纪轻轻的什么不好干？以后还有很长的路要走，不要一失足成千古恨！今天这事不跟你计较了。”

年轻的哑女看完，咿咿呀呀地打着手势，那意思说：“真的放了我？”

老李在纸上写道：“你可以走了。”

年长的那人见了，也啊啊啊地打着手势，老李又写道：“你把事情经过写下来就放你走。”年长那人接过纸一看，又垂下了头。

年轻的哑女出了派出所的大门，招手跃上一辆三轮车，指点着车夫穿过繁华的中兴大街，向右拐到九曲弄，最终停在石佛街道招待所门前。尾随而至的民警搜查了这家招待所，结果不出老李所料，这俩聋哑女果然有“窝”，在她们房间里又抓住三个聋哑女，还搜出大量现金和财物，由此破获了一个以聋哑女为主的偷盗团伙。

原来，老李见年轻的聋哑女特爱干净，就故意碰翻了面碗，使油腻沾在她的衣服上，然后放她走。老李猜想她肯定会急于回住处换衣服，于是将计就计，暗中让民警跟踪她。一举端掉了这个“贼窝”!

刊《山海经》2003 年 12 期

路怒症

张山是个典型的“路怒症”司机，妻子小丽对他既生气又担心，每天都叮嘱他要控制情绪，但张山一摸方向盘，就忘记了一切。

这天，小丽在电视中看到，一个外国“路怒症”司机是怎样自我发泄的。他把一个练拳用的沙袋放在车后备厢中，行车与人发生不愉快时，两人都愤愤地下了车，眼看就要发生冲突，男人转身从车后备厢中拿出沙袋，狠狠地打了几拳，然后请对方也打几下沙袋，对方的拳头早已握得紧紧的，立马上前打了几拳沙袋，接着两人握手告别，各自开车离去。

看到这，小丽心想，这个方法果然不错耶，化干戈为玉帛，人与人之间有什么结解不开呢？第二天，小丽就去体育用品商店买了个三十公斤重的沙袋，放在汽车后备厢里，让张山自我控制情绪，千万不要拔出拳头就闹事。

张山其实是个老实人，开车与不开车时脾气情绪判若两人，他也想好好改改“路怒症”，听了小丽的一番话后，张山的心踏实了，告别“路怒症”，你好我好大家好，世界更美好。

行车路上，五味杂陈。飙车的、狂摁喇叭的、随意抢道变道的、抽烟的、骂人的、往窗外吐痰或丢垃圾的，当然也有手舞足蹈的，张山的情绪随着路况的颠簸而颠簸，但他始终记着车后备厢中的沙袋，“路怒症”欲发作时，他忍住了，再也不会逼停他人的车。但其他“路怒症”司机却并不甘心，把张山的车逼停下来。

第一回，是个健壮的愣头青，剃个板寸头，气势汹汹地下了车，并且撸起袖子，手臂上刺着一条青龙。张山也是火冒三丈，这小子随意变道不说，还故意踩急刹车，有好几次差点撞上，放在以前早拦下他了。张山也下了车，愣头青紧握双拳，嘴里还骂骂咧咧的，随时会爆发的样子，张山不理他，径自走向车尾，轻轻打开后备厢，把沙袋拎出车外。回头一看，却发现愣头青早已上了车，一踩油门飞驰离去。

第二回，是个龇牙咧嘴的胖大汉。张山拿出沙袋时，胖大汉也从车里提着一根钢管，张山打完沙袋，邀请他打。胖大汉朝张山看一眼，扎了个马步，然后屏住气，把手里的钢管慢慢折成一个圆圈，走上前来，把圆圈套在张山脖子上，然后开车走了。张山感觉这钢管不对劲，取下来轻轻一掰，钢管又变直了，原来不是钢管，而是塑料做成的。

第三回，是个猥琐的眼镜男，副驾驶座上的女性也跟着下了车。张山打几拳沙袋，请眼镜男打，眼镜男推了推眼镜，大声说："练过拳脚怎么了?！老子会怕你不成?！"边上彪悍的女性却一把推开眼镜男，上前伸出右手，拎起六十斤重的沙袋就往上抛，快掉下来时用左手接着，再往上抛，又用右手接着……自由玩转几个回合，然后狠狠地扔在地上，白了张山一眼，又轻声朝眼镜男说了句话，接着两人上车离去。张山气极了，追了几步又站住了，女汉子的话虽然很轻，但张山听清了："是个神经病，你跟他较什么劲?"

一星期过去了，小丽问丈夫："现在开车不会有'路怒症'了吧?"

听了这话，张山气哼哼地把车停进车库，然后下车打开后备厢，把沙袋狠狠地扔出车库外，瞪着眼睛冲小丽吼道："是哪个神经病想出的这个神经病的方法?！"

小丽一看，坏了，丈夫的"路怒症"比原先更严重了！

刊《嘉兴日报桐乡新闻》"梧桐树"副刊 2015 年 5 月 13 日

少年李小路的早晨

天蒙蒙亮，农民一条街就热闹开了，卖早点的、收破烂的，吆喝声一阵接一阵，还有许多人家的织机"哐当哐当"地响了起来。李小路就醒了，他揉揉眼睛，这间低矮的屋子没有窗户，所以显得有些暗，李小路舍不得开灯，摸索着穿衣起床。

李小路一家来自云贵高原，不过李小路对云贵高原却没有什么印象。他出生于这个江南小镇，很小的时候回过云贵山区，自从奶奶过世后，爷爷也跟着来到了这里。父亲母亲原先都在镇上的一个建筑工地上打工，累是累了点儿，工资还行，要不是父亲出了工伤事故，李小路一家很可能会在小镇买房住下了。

父亲出事那年，李小路只有六岁，每天与一帮同龄的孩子在工地上玩耍。工地后面的空地上有一排简易工棚，为了省钱，李小路一家和其他打工的人都住在夏热冬凉的工棚里。李小路是亲眼看见父亲从高高的脚手架上掉下来的，工友们尖声叫嚷着，纷纷围上去，然后母亲疯了一样从远处奔来，大家七手八脚地把父亲送往医院。在医院住了几个月后，父亲的命是保住了，身体却不行了，干不了重活，左脚还有一点瘸。

父亲出院后，好几次去工地找老板要钱，都是无功而返。那个时候在工地上打工都是临时工，没签合同，工程队的老板说，在医院里已经花了不少钱，现在出院了，不可能再拿出钱来了。老板还说，为了照顾他，可以继续留在工地上干活。父亲指着自己的脚说："我上不了脚手架。"老板说："我知道，我让你晚上看守工地。"

父亲考虑了一番，最终还是带着一家人离开了工地，租住在郊区的农民一条街的后面。那些老房子是二十世纪七八十年代建造的，一直没拆，房租便宜。

生活还得继续，母亲去另一个工地打工，父亲每天出去捡废旧物品。

李小路走出房间，来到院子里，看见父亲正在整理昨天捡来的废品，把塑料、报纸分开，然后用绳子捆扎住，看见李小路，父亲说："你起来了，快去吃早饭。"

李小路说："妈还没回来？"

父亲说："也该回来了吧？"

正说着，母亲从菜场回来了，母亲对父亲说："今天猪肉涨价了，连大葱也涨了两毛。"

父亲没接话，只轻轻叹一声，站起来说："快进屋吃早饭，你还得去工地上班，小路也该去学校了。"

早饭是母亲起床后煮的稀粥，一直焖在锅里，煳成了一团，李小路盛了三碗，母亲把昨天吃剩的青菜端出来。

饭后，李小路帮父亲把一捆捆废纸拎上三轮车，然后父亲载着李小路去学校。

太阳已经升起来，暖暖地照在李小路身上。

拐过弯就是农民一条街，两旁的店面都开张了。

李小路坐在三轮车上，向后望去，宽阔而平坦的水泥马路上，来来往往的车辆呼啸着掠过，这个忙碌的小镇在阳光下沸腾起来。

李小路心想：一切都会好起来的……

刊湖北《襄阳文艺》2013年1期

生财有道

这是一条乡间简易公路，当初修路时不知出于什么目的，在这里兜了一个不大不小的弧形弯道，前年重修公路时，把线路拉直了，于是这段弧形弯道废弃了，汽车很少经过。

说起来这条公路原本也不是什么交通要道，离这十公里远便是高速公路，还有省道线，一些载货的司机为了避开收费站，才绕道往这儿开。

建生家的地就在弧形弯道处。这天中午，建生挑着一对筐来到自家地里，他的地里种着玉米，正是收获季节，公路两边的地都是建生的。他把一个筐放在公路边上，接着从筐里拎出一个瓦罐，瓦罐里放着茶水，然后建生开始掰玉米棒，刚掰了二十多个玉米棒，这时一辆满载着货物的卡车一路颠簸着开来，由于路窄，卡车撞飞了建生的筐，又把瓦罐碾碎了，司机赶紧刹车，一推车门跳下车。这时候建生从玉米地里钻出来，冲着司机说："你把我的东西撞坏了，你说咋办吧？"

司机一看，只是碾碎几个玉米棒，就爽快地说："我赔我赔，行了吧？"

建生便说："五块钱一个。"说罢去数地上的玉米棒，共是二十七个。司机不高兴了，嘟囔着说："我说兄弟，这玉米棒人家外面买五毛钱一个，比你的大多了，还是煮熟的呢，再说，我只是碾碎几个，另外的又没碎。"

建生听了这话，说："你这位大老板太没同情心了，咱农民兄弟苦啊，一年收成还比不上你拉这么一趟车哩，这大热天的容易吗？换成是你，你会怎样？"

司机连连摆手说："好了好了，你不要诉苦了，一个玉米棒一块钱怎样？"

建生取下脖子上的毛巾，一边擦着脸上的汗一边说："那哪成啊？实话告诉你吧，咱这玉米打算留作种子的，怎么的也得四块钱一个吧？"

司机说："怕了你了，两块一个，你也别讨价还价了。"

建生没言语，自顾去捡地上没被碾碎的玉米棒。司机擦擦额上的汗，然后弯腰帮着捡玉米棒。捡完玉米棒，建生才点点头说："那就这样吧，大家过日子都不容易，我看你这位老板也是个实在人，以后开车小心点。"

司机连声应道："是啊是啊，都不容易的。"说着赶紧掏出钱，建生却又说了："对了，还有一个瓦罐，算十元吧，五十四加十，零头不算了，共是六十元。"

司机一愣，张张嘴但最终什么也没说，从钱包里掏出一张五十元和一张十元递给建生。建生接过钱，望望那个被碾碎的瓦罐，茶水早已浸入泥土，只留下一摊茶叶渣，建生就咂咂嘴说："可惜了，那一壶好茶。"

司机麻利地跳上车，发动车子一溜烟地开走了。

建生把钱放入口袋，一躬身钻入了玉米地里。须臾，他钻出来，手里拎着一个瓦罐，放在公路边，然后掏出香烟点燃，吸了一大口，接着慢悠悠地坐在玉米地里，斑驳的阳光照射在建生的身上。

"嘀——嘀——"，是手机响了，建生从裤袋里掏出手机，接了一个电话，哈哈一笑，赶紧掐灭烟蒂，爬进玉米地里去了。

不一会儿，又有一辆货车缓缓地开来了……

下午两点钟，建生把公路上碾碎的玉米棒和瓦罐碎片收拾干净，然后掏出手机打电话："爸，收工了，今天不错，四辆车共是二百八十元！"

建生的父亲王老汉在一公里外的岔道口，王老汉合上手机，从树荫下站起身来，拍拍屁股上的尘土。这条公路由南而北，因不是主干道，又是烈日下，所以过往车辆极少。从王老汉所站的地方往北望去，有两条路，一条是前年重修的公路，路面平坦又宽阔，而另一条便是原先的简易公路，也就是要经过建生家那块地的那条坑坑洼洼的路，两条路最终又合二为一。

王老汉取下脖子上的毛巾，擦擦脸上的汗，然后扛起指示牌横穿公路。就在此时，一辆汽车飞驰而来，王老汉便像鸟一样飞了起来，又重重摔在地上，"呼"的一声，王老汉当场身亡。

那块指示牌也一分为二，上面写着"前面施工请绕道缓行"。

指示牌是建生从一个地下废品收购点买来的，花了十元钱。

刊成都《文坛轻骑》2006 年 2 期

深度

这条河，位于青镇东郊，几天前，一个上幼儿园的新居民小孩在河畔玩耍时，不幸跌入河中被淹死了。

县报上报道了此事，并针对即将面临的暑期学生的安全问题，希望引起社会、学校及家长的重视。

于是，作为分管领导的副镇长很重视，亲自来到这里察看。

陪同的，有镇宣传委员小张、镇教委的老李，还有东栅社区主任老钱、新民村支部委员小王。

这个地段，属于东栅社区和新民村的交界处。

河，不宽。水，也不急。

副镇长说："这个地方怎么没有防护栏？"

钱主任指着河埠，说："当初划分，以这个河埠为界，西面是我们社区范围，东面属于新民村。"

王委员说："去年我刚来村委会，这个情况不了解，但我们新民村的房子离这里比较远。”

张宣传说：“位置是有点偏，但安全问题还是不能忽视的。”

李教委也说：“是啊，应该引起重视。”

副镇长说：“老钱啊，据我所知，你们社区居民出租房有很多，存在安全隐患的地方比较突出，回去后要尽快整改落实，希望以后不再发生此类悲剧。”

钱主任说：“我们社区新居民确实很多，管理起来也有一定难度。前几天出事后，我们马上召开会议，排查隐患，落实整改。”

李教委指着河畔的一块牌子说：“你说的整改就是这块牌子吧？”

只见牌子上写着：“此处水深，请远离河畔！”

王委员说：“立块牌子提醒一下，完全有这个必要。”

钱主任补充说：“立牌子只是其中一个方面，接下来，我们社区还会通过多方联动、多种方式并行、多重平台并用等方式，为新居民子女暑期筑实筑牢安全网，从而减少安全事故的发生。”

副镇长说：“好，暑假马上就要到了，单立一块牌子远远不够，另外还要加强日常的巡逻，或者在岸边先用竹木筑一道防护栏。”

李教委说：“这个提议好，我赞成。”

张宣传说：“这条河到底有多深？”

钱主任说：“这个不清楚。”

王委员俯身拾起一块石子，“嗵”的一声。

王委员说：“声音很响，证明河很深。”

李教委干脆拿了根竹竿，弯腰想去测测深度。

不料，来了一阵风，把他头上的凉帽吹到了河中。

钱主任说：“老李小心，河很深的。”

凉帽，渐渐地飘到了河中间。

这可怎么办？

钱主任说："老李，一顶凉帽，算了。"

李教委说："这凉帽是我老婆去新马泰旅游，特意给我买的，要二百五十块。"

不远处的地里，有个村民正在锄地，见此情景，卷起裤管就下了河。

王委员认识的，他说："老周，你小心点儿，这河很深的。"

老周一步步走向河中央。

终于，他站在了河的中间，并捡起帽子。

大家一看，河水并不深，刚好到老周的大腿根。

老周上了岸，把凉帽递给李教委，顺手把那块牌子拔了，说："这河一点也不深，让人看了笑话。"

听了这话，大家面面相觑。

刊河南《领导科学》2018 年 4 月（下）

张大头赴宴

南栅外有个张家埭村，村里有个张大头，家境一般，所以到了三十岁才终于娶了老婆。

张大头结婚后，早出晚归去城里打工，工作换了七八个，要说手艺，他是一样也不会，倒是有一身蛮力。他身高一米八，长得肥头大耳，干活虽然很卖力，但用人单位都不收他，嫌他有点儿呆头呆脑，而且特能吃，据说一口气能吃下八碗饭。最后，张大头只好来到码头帮人家装卸货物，这活儿正对他胃口，干的是力气活，而且不用动脑筋。

这天是张大头的丈人六十大寿，他丈人家在李家埭村，离张大头家二十多公里路。一大早，张大头便开电瓶车载着妻子李琳去了丈人家。

如今农家的生活富裕了，做寿也大摆宴席，李家亲戚朋友不多，加上隔壁邻居一共摆了六大桌。张大头夫妇那一桌坐着李家隔壁的李成、云松、茂林夫妇等，大家都非常熟悉，所以无拘无束，边吃边谈。然而令大家奇怪的是，今天张大头显得客客气气的，不仅非常乖巧，而且吃相文雅，偶尔动动筷子搛一口菜。于是云松开口问道："张大头，今儿个是不是在家里吃饱了？"

张大头咧开嘴傻笑着，刚要回答，他旁边的妻子李琳抢先接过话说："他呀，在城里打工两年，比以前变化可大了。"

大家听了这话，都说："是啊，城里人知识多，在城里打工也会受影响。"

张大头也争气，腰板笔挺地坐在那，不时朝大家傻笑着点点头。

一会儿，该上的菜都上了，大家也对张大头不感兴趣了。然而就在此时，张大头忽然伸出筷子飞快地把吃剩的蹄髈搛了过来，又把半只鸭搛过来，接着把整条鱼搛过来，大家都目瞪口呆。

张大头旁若无人地搛菜，嘴里还一个劲地说："吃！吃！"只一眨眼的工夫，张大头面前的菜堆得像个小山似的，他还在一边搛菜，一边狼吞虎咽地往嘴里塞。大家回过神来，发现张大头的妻子李琳不知哪去了，坐在张大头左边的李成突然说："瞧！那——"

顺着李成的手指望去，发现一条狗在啃一根骨头，而骨头上系着一根绳，那绳子正拴在张大头的右腿上。此时李琳回来了，见大家都在看绳子，顿时脸上红一块白一块，真想找条地缝钻进去。

原来，李琳是个要面子的人，知道自己男人坐没坐相，吃没吃相，所以来之前就特意叮嘱张大头，等吃饭时用一根绳子拴在张大头的右腿上，她拉一下绳子就让张大头挟一口菜。没想到李琳内急起来，只好把绳子拴在一根骨头上，不料来了一条狗，叼着骨头就啃，而张大头还以为是妻子让他赶快搛菜呢！

刊《经典故事》295期（2004年11月30日）

阿良开店

林阿良的儿子马上要上小学了，夫妻俩都不希望儿子在村小学就读。柳林村地处偏僻，虽然林阿良在村口开了一家种子站，以质量优、信誉佳赢得了周边村民们的信赖，但从发展前景来看，龟缩在乡隅一角，还不如去外面闯荡一番。夫妻俩商量了一宿，最终决定把店交给父亲管理，小两口带着儿子去十公里外的青镇发展，仍以经营瓜果蔬菜种子为主。

青镇地当水陆要冲，古时有二省三府七县交界之称，最重要的是方圆十里大都是以耕种为生的农民。于是林阿良在青镇兴隆路上租了一间房，刚开张时由于人生地不熟，所以生意也是一般。

这天早晨，妻子送儿子去学校了，林阿良去隔壁面店叫了一碗素丝面。刚吃罢放下碗，就见一个中年男子踱了进来，眼镜片厚得像两只啤酒瓶底，林阿良微笑着问道："你想买啥？"

这人像没听见似的，自顾四下看了会儿，忽然说："有没有德国纯种？"

林阿良说："我这里德国的有多个品种，尤其是新一代椒种，彩色的，称之为绿色食品。"

这人侧着耳朵说："什么什么？你大声点儿！"

林阿良这才知道这人耳背，于是大声说道："我这里有德国椒种！绿色食品！"

"什么?! 杂交种?! 还是绿色的?!"这人瞪大眼睛连连摆手说："不行不行！我另外去看看。"

林阿良追到门口说："你不要走，再看看么，我这里还有许多品种呢！"

这人头也没回地走了。

林阿良气恼地想，这人真是莫名其妙！他扭过头来，忽然发现一个老头牵着一头牛走来，忙招呼道："老大爷，你想要什么？"

老头回转身指指牛说："当然是它了，难道会是马？"

这一说，林阿良越发糊涂了，问道："你、你说什么？"

"你这人真逗，"老头掏出一杆旱烟管说："这大清早的，当然是来配种的。"

"配种？"林阿良看看老头，又望望他身后的牛，哭笑不得地说："今天怎么了？真是见鬼了！"

"你这是什么话?"老头听了这话，生气地说："找人开心是不是？还挂牌营业呢。"

“你才找人开心呢！你识不识字？”林阿良奔出店门，想指着店牌念给他听。蓦地，他呆住了，原来昨晚刮了一夜风，把“阿良种子站”五个塑料字中的第一和第四个字吹倒了，变成了“良种站”……

刊山西《中外故事》2001 年 11 期

新居民老刘

老刘是河南人，他儿子大学毕业后来这里打工，后来买了房子娶了媳妇，把户口也迁了过来，小两口日子过得红红火火。老刘就这么一个儿子，眼看着自己岁数大了，就与老伴儿一起来到这里。

老刘是个闲不住的人，刚来就去建筑工地打零工，儿子、媳妇和老伴儿都劝他，岁数大了，又不愁吃穿，还是在家里享享清福。既然家人反对，老刘不去打工了，但他在家里待了一星期，差点儿憋出病来，老伴儿一看直摇头，数落他真是个劳碌命。

于是，老刘骑着三轮车出了门，漫无目的，四处转悠，权当是锻炼身体，一路上看到有塑料瓶或废铁之类，就下车捡起来，放入车中。

这天晚上，老刘在小区里散步，突然一个趔趄，差点儿摔倒在地，这才发现路面上有个不大的坑，行人稍不留神就会摔倒或崴脚，看到这儿，老刘心中不由一动。

第二天，老刘去砂石商店买来水泥和沙子，将路面上的坑修补平整，接着又在小区范围内巡视一番，共发现了三四个不大不小的坑，老刘将这些坑一一补平。做完这一切，老刘点起一根烟，望着车内还有大半袋水泥，脑中突然间闪出一个念头：小区内的坑是补平了，但外面路上的坑呢？

从此后，老刘骑着三轮车外出有事做了，把散落在路边的塑料瓶、废纸废铁之类捡起来，拉到废品收购店卖了，然后添了些钱，购买了水泥、砂石、沙子、胶盆、抹刀等，放在三轮车上，每当看到有坑洼不平的路面，便停下来修补平整。

一段时间后，小区里的人都知道了新居民老刘义务补路的事，尽管大家看法不一，但理解并支持老刘做法的人占多数，尤其是老年人，纷纷为他点赞："老刘是做好事，路平了，大家走路也好，骑车也好，既方便又安全了。"坐轮椅的退休教师老章特地让儿子送了两袋水泥过来，老章对老刘说："你这是为大家造福啊，我去年就是因为路面上的坑吃足苦头，摔了一跤，现在只好坐轮椅了。"

有人向电视台报料，为此电视台专程采访老刘，制作了一个人物专访，报道老刘每天默默地穿行于大街小巷义务补路的事迹。主持人问老刘："你这样义务补路有多长时间了？"

老刘回答道："已经有九个月了。"

主持人又问："是什么动力让你一直坚持下来？"

老刘说："我只是偶然之间看到路面有个坑，然后把它补平了。要说什么动力，当时还真没什么，说句心里话，我只想让大家出行平安，坑虽然不大，要是摔得不好，就是人命关天的事。二十多年前在老家河南，我十一岁的女儿就是被一个坑夺去了生命。那天她放学回家，突然被一个小坑绊倒在地，刚巧有辆汽车飞驶而来……"

春去秋来，老刘已用完八袋水泥。他对城市道路非常熟悉了，几条主干道有养路工，极少出现坑坑洼洼的情况，而一些非主干道边上的人行道，以及里弄小路上，常会有水泥开裂形成小坑洼，老刘发现后，及时修补完整。每当补完一个，老刘总会点燃一支烟，慢慢地吸，一边等水泥干涸，一边在心里说："路上不知还有多少坑坑洼洼的地方，我能补一个是一个，能修几个是几个。"

今年春节的时候，老刘骑车在石门路与绕城西路交叉口往南的一条路上捡到一个快递包裹，一看还没拆封，老刘知道这是快递员不慎遗失的，连忙打电话给快递公司，后来知道包裹内是价值数万元的商品。

快递公司十分感激老刘拾金不昧的精神，要给老刘奖励一千元，但老刘坚决不收。快递公司了解到老刘义务补路的事，特意送上一面锦旗，上面写着"六八老人，修路为民"八个烫金大字。

老刘就把这面锦旗挂在三轮车上，老伴儿见了取笑他："宝贝似的挂着它，你想让所有人都知道啊？"

老刘自豪地说："那当然，因为我是新居民啊。"

其实，老刘把旗挂在车上，是因为大红色显眼，来往的车辆知道他在补路，就能开慢些或者避开着走。

刊《嘉兴日报桐乡新闻》"梧桐树"副刊 2017 年 6 月 21 日

合租者

张山来到这座城市打工，与李泗合租一间房。

张山转了大半个月，干的都是临时工，如今找工作可不是一件容易的事。

李泗干什么工作张山不知道，好像很轻闲的样子。

有一晚，张山就问李泗。

李泗笑笑，说："各人都有各人的道，所谓天机不可泄露。"

张山听了，耸耸肩，一副无所谓的样子。

张山发现，李泗都是夜晚出去，直到凌晨才回来，总有些收获，比如现金，比如手机、笔记本电脑，还有金银首饰，等等。

于是，李泗是干什么的，一目了然。

张山也没声张，对李泗说："咱俩合伙干吧。"

李泗说："中。"

两人白天出去闲逛，找准目标，晚上行动，可一连几次都失败了。

这天，李泗说："今晚去捷达汽车修理部，那里没人值夜。"

张山说："中，折腾了几天，一分钱也没搞到。"

晚上十二点，两人出了门。

月黑风高夜，正是行动的好时机。

翻墙进入修理部，果然没人，张山拧亮微型手电筒，拉出抽屉，找到一条项链，还有一些钞票。

李泗指着桌上的手提电脑说："把这个也拿走。"

张山点点头，刚要拆下连接线，这时，一束灯光射来，同时响起一个声音："抓住他！"

张山一看，被人发现了，他顾不得电脑，跟着李泗就跳窗跑出屋外。

张山身手敏捷，眼看李泗爬上了墙头，张山伸手一下就把李泗拉了下来，然后自己爬上墙头逃走了。

张山回到租住房，掏出项链和零钞，一数，才五十九元。

一小时后，李泗也回来了。

张山说："他们没打你？"

李泗气愤地说："你怎么能自顾跑了呢？"

张山说："不跑的话就被他们捉住了，这次是你运气不好。"

李泗气恼地说："我回来因为是私了，所以留下一张一万元的欠条，你说咋办？"

张山说："我没钱，要不，把这条项链卖了，好歹值个三千元钱。"

李泗说："你真的没钱？"

张山说："要是有钱的话，我会提心吊胆地跟着你干这个？"

李泗想了一下，说："这样吧，你去借三千元，我也去想想办法，明天先把那张欠条拿回来。"

第二天，张山对李泗说："昨晚我想了一夜，你被他们抓住过，所以我看还是由我一个人去，跟他们砍砍价，把这件事了了。"

李泗说："你借到钱了？"

张山拍拍口袋说："不多，两千元，还有那条项链也还给他们，你的钱呢？"

李泗掏出钱，数了一下，刚好三千元。

张山一把拿过钱，说："这事我去搞定。"

张山来到捷达汽车修理部，一个经理两个手下正等着他。

张山坐下后，掏出烟叼在嘴上，缓缓点燃。

经理说话了："钱呢？"

张山说："这话该我说。"

经理说："你什么意思？"

张山掏出那条项链，扔在桌子上，说："别演戏了，这条是假的，告诉你们吧，这种手段几年前我就玩腻了。"

经理一愣，两个手下蠢蠢欲动。

张山说："你们别做傻事，我的朋友就在外面，如果十分钟不见我出去，马上就会报警。"

经理嗫嚅着说："那、那你想、怎样？"

张山伸出三个手指。

经理开始冒汗了："三万？"

张山说："我没你们黑，就三千元。"

经理擦擦额上的汗，点点头。

张山拿到钱后说："我劝你们趁早收手，还是干点儿正经事，做人要堂堂正正。"

张山出了门，一眼瞥见不远处正打电话的李泗。

张山没理会他，自顾往前走。

李泗气冲冲地赶过来，却发现张山身旁还有一人，李泗一时惊呆了。

那人是张山的朋友王五。

一个月前，王五与李泗是合租者，在李泗的怂恿下去捷达汽车修理部偷窃，被捉后以六千元的代价私了。

张山知道后，觉得这是一个圈套，于是，张山从招租广告上联系李泗合租房。

张山把六千元交给王五，说："这是你的钱。"

王五接过钱说："我已经报警了。"

远处，一辆鸣着警笛的警车驶来……

刊湖北《汉之南》2011 年 1 期

世上有好事

陈家村有个刘老汉，以前经常去城里卖菜，自从前年春天二儿子也娶进媳妇后，他把账本交了，不再当家了。于是两个儿子便分了家，刘老汉随大儿子过，他老伴儿跟二儿子生活。虽说陈家村离县城只有五六十公里远，但刘老汉这两年一回也没去过城里，最近却常梦见自己与老伴儿在城里游玩，醒来后才知道是一场梦。刘老汉便寻思道，虽然自己以前常去城里卖菜，但老伴儿每天弯腰在田地里操劳，跟了自己一辈子，没享过什么福，如今两个儿子都已成家立业了，也该享享清福了，于是他决定带着老伴儿去城里好好玩一玩。

这天一大早，刘老汉夫妇去了城里。

这两年城里面貌日新月异，刘老汉夫妇一边走一边瞧着热闹，看得眼花缭乱。两人从东街逛到西街，又从西街逛到东街，直到日头偏西了，两人才拎着一大包东西往回赶。

刚进村口，隔壁的王大妈就瞧见了，大声招呼道："啊唷，两口子去了一回城，买回来这么多东西呀？"

王大妈喉咙响，马上就有许多人围上来，刘老汉咧着嘴哈哈笑着说："哪是买的？全是人家免费送的。"

众人都觉得奇怪，七嘴八舌地问道："世上哪有这等好事？"

刘老汉见大家不信，忙不迭地打开包说："看看，这是金太阳公司提供免费品尝的'补脑汁'，这是银月亮公司的'补钙营养液'，这是足下公司的'礼品鞋'……"刘老汉虽然识字不多，可他记性真好，介绍起来简直是一字不差。

"还有衣服哩，瞧瞧，这是女式衬衫，这是今年流行的踢

(T)雪(恤)衫。”

大家一看都笑弯了腰，原来刘老汉拿出来的是广告衫，只见女式衬衫上印着“美乳霜——做女人挺好！”落款是“丰满公司”，而男T恤衫上印着“神奇三鞭王——还我真风采！”落款是“力量有限公司”。

这时刘老汉的二媳妇翠玉面红耳赤地抢上前来，一把夺过衬衫扔在地上，说：“你俩这么大岁数的人了，也不怕遭人笑话。”

刘老汉见是自己二媳妇，气呼呼地说：“这又不是什么丢人的事，你瞧瞧，你婆婆身上穿的衬衫还是十年前做的，人家免费赠送的新衬衫有什么不好？”

翠玉听了这话，一下子哑了口。

刊山西《中外故事》2002年9期

收入《爆笑故事—笑死人的故事》(中国档案出版社2006年1月)

推销

那一年，茭白扩大了种植面积，由于科学施肥，精心管理，董家茭白又获得了丰收。

但是，各地的茭白上市相对集中，品种又比较单一，加上其他蔬菜充裕，国内市场已趋饱和，所以茭白的销售压力越来越大。

董家茭白专业合作社社长老张望着沉甸甸、白嫩嫩的茭白，丰收的喜悦瞬间又转为忧虑，他默默地抽烟、思忖。

董家茭白自 1987 年开始试种以来，老张凭着对茭白的热爱与痴迷，经过多年的探索，对茭白的品质是充满信心的，可以这么说，董家茭白不仅优质、高产，而且没有农药残留等问题。但市场竞争激烈，有时候并非优胜劣汰，对于经销商来说，价格决定一切。

就在这时候，董家村里来了一拨省内外新闻媒体记者，采访茭白基地的成长及发展过程，老张的眼睛不由一亮。

老张带领记者来到茭白基地，向记者们介绍起董家茭白的缘起及现状，希望记者们对董家茭白的优质品质多多宣传。

记者们纷纷表示，董家茭白无论是大棚栽培，还是露地栽培，均实现了标准化生产及管理，已经形成了品牌，尤其是自主培育的茭白新品种，最大的能长到半斤多重，而且具有“白、嫩、脆、壮”的特点，从发展前景来看，应该是非常不错的。

对于记者们趋轻避重的表述，老张很无奈。

任何农产品，无论它的形状多么鲜艳，包装多么精美，最重要的，是它的品质应该放在第一位，品质过关才是硬道理。老张知道，要让消费者从心里认同产品的优质品质，不是一件容易的事。

老张再一次对记者们说：“我们董家茭白已申请了‘董家’商标，而且合作社和所有营销户都签订了质量承诺书，并且营销户又与农户达成协议，必须保证收购上来的茭白无农药残留等问题，如果出现问题，将实行责任追究制。这样一来，形成了一种相互约束的机制，现在农民都明白口碑品质重于一切，不会乱用农药。因为出现问题，不光砸了‘董家’的牌子，更是断了自己的后路。所以我希望记者们对我们董家茭白的优质品质多多宣传，让更多的消费者知道，董家茭白就是品质的保证。”

省报记者小王对老张说：“老张，现在老百姓生活水平提高了，对于农产品的要求也高了，而现在的农产品普遍存在农药残留超标，这是老百姓最担心的问题。”

其余记者附声说：“是啊，现在的农药五花八门，也没有一个统一的标准，各种农产品的农药残留问题又看不见摸不着，要想得到消费者认同，需要时间去验证。”

老张点燃一支烟，他知道，再向记者们说什么已经无济于事，站在消费者的立场看，品质是无形的，任何一个环节都会出现问题，但从董家茭白基地出去的茭白是无公害产品，这个一定要让消费者知道。想到这里，老张扔了香烟，卷起裤管走向茭白田里，拨起一支茭白，剥去茭白壳，对记者们说：“你们看，董家茭白长得又白又嫩，单看品相就比其他地方的茭白要好。”

有记者点头说：“这个我是相信的。”

老张说：“对于农药残留问题，大家比较关心，虽然我们有检测证书，但我不想再多说什么。”

老张说完，把茭白塞进嘴里，咀嚼着，不一会儿，就把一棵茭白吃了下去。

所有记者目瞪口呆。

好一会儿，小王记者说：“老张，你放心，董家茭白的品质绝对没问题。回去后，这方面是我们宣传的重点。”

刊《今日桐乡》“凤凰家”副刊 2013 年 5 月 9 日

尴尬

文化馆的吴越是个怕老婆的人，每逢开工资，他只接手过目一下，便如数上交给春梅，一个子儿也不敢私下截留。好在他平时常趴在办公桌上写写画画，报刊上也时有豆腐干大小的文章刊登出来，挣几文稿费，这点儿小钱，春梅睁一眼闭一眼地让他自由支配。

这一天，传达室老王分报纸走进办公室，给吴越带来一张二十元的汇单，大家便起哄道："前天一张八十元稿费单，今天又是一张二十元，这次应该请客了吧？"

吴越摸摸头皮呵呵一笑，说："我给每人敬一根烟吧。"说罢从口袋里摸出一包皱巴巴的"红双喜"，大家一看连连摇头道："太差了，至少应该是'红塔山'吧。"

吴越尴尬地把烟放进口袋，看看手表已是十点二十分了，就忙说："这样吧，我下午一定补上，前天的那张还没拿，现在先去邮局取出来。"

从邮局取款出来后，吴越记起了前几天看中的一本好书，可那天口袋干瘪了。赶到那儿一看，看中的书早就卖完了，他想问问守摊的小姑娘，但见到小姑娘那副拒人千里的面孔，怕她出言不逊，只好作罢。刚想打道回府，忽然看到书架边上有一本厚厚的《写作成语词典》，他忙走过去，不料小姑娘伸手挡住了他的手，板着脸说："这本书是别人放在这里寄售的，翻旧了可卖不出去的。"

吴越一听涨红了脸，心里这气呀，真是狗眼看人低！

"多少钱？"他压住心头火，大声说道："我买了！"

小姑娘慢吞吞地取下来，看了看书价，对吴越说："十七元九角。"

"什么？别人寄售的也要卖原价？"

"那当然啦。"小姑娘原本对吴越没好印象，见他经常跑来一本接一本地翻看，可每次就是不掏钱买书，因此她没好气地说："要是别人买还可以商量，你买，少一分钱也不行！"

这无疑是侮辱他的人格，吴越铁青着脸大喝一声："我买！"说罢掏出钱来，气冲冲地从小姑娘手中捧起书就走。

这下小姑娘终于绽开了笑容，刚才使了个激将法还真管用，她冲着吴越的背影说："找你一毛钱。"

"不用找了。"吴越头也没回地说道："留着给你买笑吃！"

小姑娘却把"笑"错听成"药"，她一下收住笑容，"呸"了一声，气呼呼地骂道："你才吃药！"

吴越闷闷地走了好一会儿，那股气依然没消，抬头一看，发觉已到自家楼下了，他望了望手中厚厚的书，心想坏了，这书没法藏，让春梅看到可不得了。他点起一支烟，像无头苍蝇一样，一连转了三圈，猛抬头见街对面的一家商店门前挂着一张用血红大字写的公告，上写："跳楼价贱卖！"吴越心中一动，顿时有了主意．他定了定神，这才走上楼去，脚刚跨入大门，春梅那锐利的目光便像鹰一样准确无误地落在他手里的书上，脸一下拉长了，吴越不慌不忙地把书递给春梅，一边喜滋滋地说："这是降价书，才四元钱，你看看原价要十七元九角呢。"

春梅瞪着眼睛看一下书价，头一昂"哼"了一声，果然不再言语了。

晚上吴越下班回来，那本放在书桌上的新书已不翼而飞，他连忙奔进厨房问道："上午买的书哪去了？"

"你急个啥？一回来就找书，难道比我还重要？"春梅一边炒菜一边说："书还能当饭吃？"

吴越只得小心地赔上笑脸，说道：“你重要，当然是你重要，你是我心中唯一的太阳。”

“得得得，别来这一套。”春梅把筷子递给他，一边说：“告诉你吧，下午我们单位的小虹姑娘来玩，看到那本你刚买的书很喜欢，一个劲地问哪儿有卖，我随口说十块钱拿去吧，你猜怎么着？她高兴极了，丢下十块钱就屁颠屁颠地走了。”

吴越一听此话，两眼一白差点晕过去，手中的筷子也“噼里啪啦”地掉在了地下。

“你怎么了？”春梅瞅一眼吴越，不高兴地俯身拾起筷子，然后从口袋里掏出五元钱，像哄孩子似的说：“喏，给你五块钱，明天再去买一本不就得了？”

吴越望了望春梅的脸，咬咬牙不再说什么，当然，就是有天大的冤枉，也只好打落门牙往自己肚子里咽了。

刊山西《中外故事》2001年3期

王科长与黄科长

王科长与黄科长同在一个机关工作，巧的是两人住在同一幢宿舍楼里，王科长在301室，而黄科长住在王科长上面的401室，虽然同在机关，但科室不同，平时也不大走动，所以谈不上是知交。可最近机关里都在说老局长即将卸任，内定的候选人就是王科长或黄科长，说得有鼻子有眼，不由人不信，因此王科长与黄科长也在暗中较劲。

这天，王科长的夫人小兰打电话叫来两个维修工，家里的太阳能热水器出故障了，怎么调节都是冷水，跟王科长提了几次，王科长总是说知道了知道了，但一转身就忘了，于是小兰只好亲自叫来了维修工。

两个维修工来到301室，小兰给他们泡了茶，两人说："我们先上去看看吧。"两人上了楼梯，爬上顶层平台，好在这幢楼不高，只有六层。

小兰在家里等，可左等右等也不见有人下来，她就有些纳闷了，心想咋回事呢？便打开防盗门上了楼顶，可奇怪的是，太阳能的集热管被卸了，水箱也放在一边，但顶层平台上却空无一人，小兰百思不得其解，那两人干吗去了呢？小兰回到家里，正打算打电话给维修公司，这时一辆鸣着警笛的警车停在了楼下，一位民警带着那两个维修工来到小兰家里，小兰见状问道："出了什么事吗？"

那两个维修工耷拉着脑袋，一声不吭，民警问："是你家修太阳能吗？"

小兰点头道："是的。"

民警说："是这样的，这两人包里装着十万元现金，说是从你家太阳能里找到的，所以过来问一问。"

小兰听了这话，吃惊地说："这不可能，太阳能还能放钱？再说了，有钱放那儿，不是神经病吗？"

原来，那两个维修工真的在太阳能的水箱里找出十万元现金，两人悄悄一商量，顿时就起了歹心，把十万元私分了，再也无心干活，将钱放进包里，一前一后悄悄地溜下楼走了。但毕竟是心虚，两人走在大街上，其中一个畏畏缩缩地跟在后面，一个趔趄摔倒在地，那包也破了，现金就散了出来，行人一看他们的衣服，怀疑是小偷，便围了上来，刚好有一辆110巡警车经过，便把他们带上车，问明情况后就带着他俩来到小兰家。

民警问小兰："这钱真不是你家的？"

小兰斩钉截铁地说："不是，要真有钱也不会放那儿。"

民警知道这几幢大楼都是某局级机关宿舍，他想这会不会跟受贿有关呢？于是他把那两个维修工带回派出所录个笔录，同时打电话给市纪委，说明情况。

小兰家里被搜出十万元赃款的消息不胫而走，几幢大楼马上传开了。黄科长夫人晓丽刚从大街上回来，得知这个消息后马上打电话给黄科长。黄科长正出差在外，赶回局里已是下午两点了，在老局长的办公室里，却见到了王科长，还有几位市纪委的同志。黄科长装着什么事也没有似的对王科长说："出了什么事吗？"

王科长说："只是一场误会。"

这时市纪委的同志说："黄科长，情况是这样的，上午王科长家请人修太阳能，却在水箱里发现了十万元现金，后来经过我们调查，原来是修理工搞错了，那个太阳能是你家的。"

黄科长听了这话，脸当即白了，自己家的太阳能早在半年前就坏掉了，原本打算修一下，可夫人说不要修了，反正在这最多再住俩月，黄科长在"锦都名苑"买了一套居室，就快装修好了。而那十万元真的是受贿来的，就藏在太阳能的水箱里，连自己夫人都不知道，那两个浑蛋怎么会偏偏修错一个呢？

黄科长气急败坏地冲王科长吼道："姓王的！我要告你！你凭什么打开我家的太阳能?!"

王科长一脸无辜，说："这可不关我的事，你要告就告那两个维修工吧！"

刊上海《东方民文》2009年12月

浙江省第五届故事会一等奖（2016年4月）

点赞

小林和小文初中毕业后，就离开家乡来到这个沿海城市打工，虽然理想很美好，但现实很残酷。

由于没有一技之长，两人接连换了好几个工作，比如做建筑工地、工厂流水线工人，餐馆服务生等等，都干不长，最短的只干了半天就走人了。到后来，从家里带来的钱都用完了，两人急得四处乱窜，怎么办？活人总不能被尿憋死，小文说："走吧，各自找活路去，待哪天发财了，不要忘了朋友。"

就这样，他俩分开了。

小林最终在一个废弃的停车场里落脚，那里有许多和他一样的人，有年轻的，也有年老的，靠拾破烂为生，日子就这样不紧不慢地过去。

大约半年以后，小文突然找到小林。

看来小文有钱了，还租了一套房，他让小林搬来一起住。

于是，小林告别了老陆，老陆也住在停车场，小林拜他为师，学了一些见不得人的技术，老陆对小林说："小子，你还年轻，还是找份正当工作吧，挣了钱娶个媳妇回家，好好过安稳日子。"

小林双手抱拳说："师傅，感谢你这半年来对我的照顾，我会记住你的话。保重！"

小文在一家快递公司送快件，工作十分勤快，挣得钱也最多，小林对他刮目相看。不久，小林也找到工作了，在商业街的一家快餐厅送外卖。

来到这个城市已有一年了，小林的朋友没几个，虽然微信里加了百余多人，但大多数是客户，互不相识，没事的时候，他拍些风景照，或者在商业街上偷偷拍些美女的照片上传，自娱自乐一番。而小文的微信朋友圈信息比小林还多，下了班就埋头发微信，或者跟人私聊，忙得不亦乐乎，有时候半夜还出去跟人约会。小林不得不承认，小文的交际圈更广泛。

这天下班后，小林和小文在小区附近的一家小饭馆里喝酒，其实两人并不太会喝酒，平常最多一人一瓶啤酒。这晚高兴，每人喝下两瓶啤酒，脑袋都晕晕乎乎的，两人一步三晃地往租住房走。小文还一直取笑小林，说他发的微信朋友圈内容都是垃圾，没人点赞。小林不服气，说："我拍街上的美女，许多人都点赞的。"

回到租住房后，小林借着酒劲从床底下拿出七部手机，有苹果 5、苹果 6、华为 P7、华为 MT7 等型号，都是五寸以上的高档手机。小文看了，笑着说："兄弟，这回你发财了。"

小林却把自己的手机交给小文，说："你帮我拍下来，我要发微信，让你看看有多少赞！"说罢，拿起榔头把手机一一砸碎。

微信朋友圈信息发出后，马上就有十多个"点赞"，有人还写了评论："duang——！我和我的小伙伴们都惊呆了！"

小文也竖起大拇指，对小林说："我服了，兄弟，你就是土豪！"

这天深夜，小文又出去了，但他没回来。

直到第二天，小林才知道，小文和他的朋友都进了拘留所。他干快递就是为了熟悉地形，找准目标后，半夜伙同他人爬下水道入室偷窃，这晚却失手了，被逮个正着。

小林有些后怕，怕自己步小文后尘，思前想后一番，小林决定先回老家躲一躲。

在火车站，小林也被抓了。

小林想起了那句话：该还的，终究要还的。

那些被砸的手机，都是偷来的。

但他没想到的是，自己却栽在“小叮当”手里。“小叮当”是一家手机店的老板，以前偷来的手机都低价销给他，那晚任性将砸手机的视频上传后，“小叮当”一怒之下举报了他。

刊内蒙古《扎鲁特文学》2015 年 10 月（总第 48 期）

张三买核桃

煤机厂职工张三，上班吊儿郎当，自去年实行人力优化整合后被刷了下来，他便整天无所事事地东游西荡。这天早晨，梧桐大街上来了一位卖山核桃的汉子，名叫李泗，长得精精瘦瘦的，推一辆板车，停在他表嫂王寡妇面店前，进去吃了一碗阳春面。王寡妇一眼瞥见张三正朝这边走来，知道他不怀好意，连忙提醒李泗快走，李泗却一点不急，自顾慢吞吞地吃面，心想太平世界难道还会有地痞恶霸不成？张三来到板车前，歪着脑袋瞧了瞧，说：“这是谁的？”见没人应声，不由大声骂道：“他妈的，这是谁的核桃？”

李泗正在跟王寡妇嘀咕着，听了这话，放下碗大步走出店来，说：“这位兄弟要买山核桃吗？”

张三问道：“这核桃卖多少元一斤？”

李泗说：“不贵，二十元一斤。”

“什么？”张三说：“吃一斤核桃要二十元？”

李泗也不生气，耐心解释道：“这位兄弟有所不知，我这山核桃可是上等货，人家都卖二十三元一斤哩。”

张三睨着眼挑三拣四一会儿，才发现这核桃果然不错，大小均匀，就说：“给我来两斤。”

“好哩。”李泗应一声，称了两斤装入袋子，递给张三说：“这位兄弟真是识货人，俗话说得好，一分价钱一分货，兄弟若是吃得好，给我多宣传宣传，做个活广告，咱山里人一年忙到头也不容易啊。”

张三掏出一张百元大钞，李泗眯缝着眼睛看了看，笑道：“这位兄弟，你这张钞票可不大对劲噢！”

张三一把夺了过来，又掏出一张递给李泗，说道：“你少啰唆！快找钱！”

就在这时，突然从对面骑过来一辆自行车，停在张三面前，一把接过那张百元大钞，对张三说：“好啊，看来这一张是真的了，你老实交代，这几天用了多少张假钞了？”

张三吓得一哆嗦，定睛一看，发现那人是赵林，一米八〇的身坯，长得高大威武，身体结结实实，便说：“关你什么事？快把钱还给我！”

赵林从口袋里掏出一张百元大钞，说：“怎么没关系？这张假币你昨天在我姨妹那里买了两包香烟，现在还给你。”

张三急了，说：“没凭没据的，你别冤枉人！”

“我冤枉你？刚才还想用假币买核桃呢，我不去派出所告发你已经是不错了。”赵林说罢，扔下那张假币骑上自行车就走。

“算我倒霉。”张三嘟嘟囔囔地捡起那张假币，又从口袋里掏出一张百元大钞递给李泗。

李泗不慌不忙地接过来看看，才把零钱找给张三，一边说：“要是吃得满意，再来称二斤。”

王寡妇一直躲在屋里从窗口往外观看，见张三走远了，这才走出门外，李泗把那张百元大钞递给王寡妇，说：“表嫂，放心好了，这一张是真的。”

王寡妇搓着手说：“这怎么行呢？你平白无故的少了一百元……”

李泗诡秘地一笑，说：“没事的，他很快还会来找我的，你不用担心，对付这种泼皮，我自有办法。”

果然，一支烟工夫，张三又急忙赶来了，见李泗还在，气不打一处来，把核桃往板车里一扔，破口骂道：“好你个乡巴佬！骗秤口骗到我头上来了，也不去打听打听，我张三是谁?!”

李泗扔了烟屁股，双手抱拳道：“哎呀呀，原来你就是张三啊，久仰久仰！”

“你说咋办吧？”张三见李泗软了，他掏出精装“云烟”叼上一支，又说：“我打听过了，这核桃人家才卖十块一斤。”

李泗从口袋里掏出打火机为张三点燃香烟，又从板车里拿起张三扔下的那袋核桃，说道：“这么着吧，钱我退还给你，还有，这核桃也送给你尝个鲜，你看怎么样？”

张三眼睛骨碌碌一转，心想这还差不多，他掏出找钱还给李泗，李泗也掏出一张百元大钞递给张三。

“等等。”张三却把塑料袋打开了，对李泗说：“刚才你说两斤，你这杆秤……”

李泗听了这话，又爽快地抓了几把核桃放进去：“我说兄弟，这行了吧？”

张三咧开嘴点点头，心里喜滋滋地想，平白吃两斤核桃，傻瓜也会乐！

他正要离开，一抬头望见王寡妇，蓦地觉得有点不对劲，却又不知是哪儿不对劲。终于让他想起来了，原来是刚才李泗还给自己的那张百元大钞有问题！张三掏出那张钞票一看，这不是昨天已经用在王寡妇店里的那张？上面有用圆珠笔写的 12345 的字样，张三心里明白那是一张假钞，怎么会到李泗手里呢？

张三眉头一皱，顿时明白了是怎么回事，他回身一拳打向李泗，而李泗早有防范，一把捏住张三的手说："这位兄弟，俗话说君子动口不动手，有话好好说嘛。"

张三用力挣扎了一下，却没挣脱，不由涨红了脸，说："你、你刚才的那张是假钞票。"

李泗放开张三的手，故作惊讶地说："什么？假钞？"

张三拿着那张假钞举过头顶对李泗说："你看看，你看看，有没有水印？"

李泗把玩着手里的两颗核桃，说："我们山里人见识少，这钞票也会有假的？"

"你、你想耍赖?!"张三捋了捋袖口，忽然瞧见汉子手中的那两颗核桃被他捏成了碎块，张三的脸霎时白了，他平日里欺软怕硬，知道今儿个遇上了高手，好汉不吃眼前亏，他忙把那袋核桃恭恭敬敬地放回板车里，连连说道："对不起，是我看走了眼，这钞票是真的，是真的。"

他刚要开溜，这时从王寡妇面店里走出一个人来，大声说："张三，你给我站住！"

张三一看，发现是穿着便衣的民警小王。

原来，李泗在吃面时从表嫂王寡妇口中得知，张三昨天来吃面用了一张假钞票，便向她要过假钞，说自己有办法让张三收回假钞。而民警小王也在吃面，他刚来一会儿，这几天镇上多位个体户前来报案，说张三使用假钞购物，正想找张三了解情况。

"你身上的假钞票是从哪儿来的？跟我走一趟，去派出所讲讲清楚。"

张三望望民警小王，又瞅了瞅李泗，只好灰溜溜地跟小王去派出所。

王寡妇望着李泗手中的核桃碎块，疑惑地问："你什么时候学会这门功夫的?”

李泗一扬手，把手中的碎块扔了，笑笑说:“假的，先用铁锤砸成几块，再用胶水粘住，稍一用力就会碎了。出门做生意，总得留一手，吓唬吓唬那些找碴儿的泼皮。”

刊湖北《古今故事报》2004年6月25日

第二辑

凡尘琐事

朋友圈

铃声骤然间响起，把他从睡梦中叫醒。

起床。洗漱。下楼。跨上摩托车飞驰而去。

天蒙蒙亮，中心医院的几个专家门诊前都有人在排队等候。泌尿科专家门诊，他看了一下，前面有十余人。

门开了，工作人员小张拿着小纸片发给大家。有人叫起来："我明明排在第三个，怎么是五号？"小张说："昨天还有两个号，安排在今天。"他拿到小纸片，悄悄一看，是三号。小张是他朋友，他朝小张挥挥手，转身下电梯。

天开始亮了。离医院不远是中国银行，他知道，今天是纪念币发行的日子。队伍很长，已经排到银行旁边的小吃店。他打了个电话，然后买早点，两个肉包子，一杯豆浆，边吃边等候。银行准时开门营业，每人凭个人身份证兑换两枚纪念币，而且供应数量有限。不一会儿，有人出来，是他朋友，悄悄递给他五枚纪念币。他付了钱，掏出香烟，两人一边抽烟，一边闲聊。

一支烟抽完，朋友进去上班了。此时，银行的纪念币已经全部兑完。有个民工急匆匆跑来，一看兑换业务已结束，说："哎呀，没赶上。"他凑上去，说："大哥，我刚才排了两次队，要不要？"民工说："好啊，多少钱？"他说："拾元一个。"

民工说：“拉倒吧，面额才一元一个。不要。”他笑笑。时间就是金钱，他得去喜来登大酒店。老王是外地客户，已等在大堂。把三号小纸条交给老王，老王一看，马上拿出手机，定金昨天就付了，现在把余额用微信转给他。

离开酒店后，他去幼儿园。幼儿园里人头攒动，队伍弯弯曲曲，排成数行，人挤来挤去，却都睁大眼睛，以防插队。看来无机可乘，他只好乖乖地排在最后面。在他前面，三个女人一台戏，喋喋不休地说着：这家幼儿园新生只招两个班，六十人，看今天来领号的，不止一百人。他听了，淡定地在手机上玩游戏。其实他知道，百分之二十早已内定，百分之十是机动，剩下的百分之七十，那就看运气了。

发号了。他拿到的是 111 号。他发微信给客户：明天上午面试。所谓面试，只不过是走个形式，小孩信息早已发微信给副园长了。他的微信好友有三千多人，这是他的资源，也是他的人脉。

时近中午，他就近找个快餐店，花十块钱解决午饭。吃完午饭，从包里拿出水瓶，续满水。去外面的石椅上休息，同时回复客户的提问，顺便联系老伍，下个月有一场香港歌星的演唱会，先预定一百张门票。

时间已到十二点三十分，他给客户老刘发信息：“三点在望湖湾售楼中心见。”

先去行政审批中心，有几个客户委托他代办业务。资料虽然齐全，但需要跑不同的窗口。忙完这一切，马不停蹄地赶到望湖湾售楼中心。楼市正火热，前来看房的人络绎不绝。他赶紧发名片，他的名片上印着“全 T 公司——为您跑腿办理各种业务”。发完名片，老刘也来了，简单地交流几句后，他带着老刘去找售楼经理小陈。老刘已退休，不喜欢高层，所以想要买二楼或三楼的新房。小陈对老刘说：“既然都是朋友，那就不看沙盘模型，咱直接去看新房。”于是，小陈领着他俩，从这幢到那幢，他一直陪着，不时说上几句好话。老刘最终选定一套，很满意，付定金，签合同。

回到小区前的“笑眯眯大酒店”，时间已是下午五点五十分。酒店老板也是他朋友，头戴一顶鸭舌帽，嘴里叼着一支烟，暇时喜欢捧着诗集朗诵，他一听就头疼，因为听不懂，那是一本英文诗集。老板说：“嗨，今天怎么样？”他回答道：“每天都一样，起得比鸡早，干得比驴多，睡得比狗晚。”不过，今天业绩不错。他点了两个菜，外加一瓶二锅头。酒店里有点儿热，他脱了西装，独自细酌慢饮。一瓶二锅头下肚，心里说不出的舒畅。然后，醉醺醺地走出酒店。

打开家门，把西装往沙发上一扔。一天终于过去了，余下的时间，是属于自己的。

脑袋晕晕乎乎，他想洗个冷水澡，这才发现，手里空空如也，手机呢？他没找着，酒劲又涌上来，禁不住往床上一躺。

这晚，他梦见，自己手机丢了，找人办事，朋友们都不认识他了，啥事也办不成。朋友圈里三千多号人，大多是手机联系，许多人记不住面孔。办不了事，他就失业了，最终只好流落街边，前面放一个破碗。有人走过，往破碗里扔了一个硬币。“当啷”一声。他醒了，脑袋还有些晕乎。手往枕边一摸，哇，手机真的不在，他急得一骨碌跳起来。床上、沙发上、桌子上，都没有。他又趴在地上寻找，万幸的是，手机静静地躺在沙发底下。

呵呵，真好，手机在，朋友圈也在。

下楼来，他伸个懒腰。新的一天，又开始了！

刊嘉兴《烟雨楼》2019 年 4 期

赵大辛开店

赵大辛身高一米八○，长得人高马大，又是满脸络腮胡子，细看眉毛上面还有一道淡淡的疤痕，那是他小时候淘气，爬树不小心摔下来的纪念。这么一个五大三粗的男人，有一天却异想天开，想开一家时装店，而且专卖女人的服装。弄得他妻子李红也是大惑不解。

赵大辛原先在一位朋友的公司里干活，说是公司其实不大，五六个人而已，有活干的日子不多，没活了就一直休息，所以工资不高也不固定。赵大辛一直想离开另找工作。有一天，赵大辛路过梧桐大街，忽然发现一家商店门前围满了人，他挤进去一看，原来店里面正在拍电视剧。一个歹徒闯进来抢劫，扮演歹徒的是个群众演员，连续拍了好几遍，导演就是不满意，嫌这名群众演员个儿小，没有一丝匪气。导演的目光在围观的人群中一扫，落在赵大辛脸上，不由眼睛一亮，拍一下大腿冲门口就说："就是你了。"导演又让化妆师在赵大辛脸上画一道长长的疤痕，一试镜，导演连声说 OK，只拍一遍就通过了。最后导演给了赵大辛两百元劳务费，又叫了一辆三轮车送他回家。

赵大辛满心欢喜，又上电视又给钱，这样的幸运事谁能遇上呢？蹬三轮那人名叫张山，跟赵大辛以前是同学，张山得知赵大辛还在找工作时，就对他说："我有一位蹬三轮的朋友，他举家南迁，想转让三轮车，证件什么的一应齐全，你若有意的话我帮你问问，说真的，以你的身坯蹬三轮拉货送人生意肯定绝好。"赵大辛想了想回答道："让我考虑考虑再说。"

这天晚上，赵大辛对妻子李红说起这番奇遇，李红故意逗他说："你呀，演杀手、坏蛋或者通缉犯，不用化妆一看就像。"

赵大辛说："难道我就只配演坏人？"

李红说："我跟你逗乐呢，说真的，你要是演个保镖啦，三轮车夫什么的，肯定能出名。"

说起三轮车，赵大辛又对李红说碰上张山的事，问李红自己去蹬三轮好不好。

李红说："无论你干什么我都支持你。"

赵大辛犹豫不决，沉默一会儿又说："今天拍电视，见隔壁那家时装店生意不错，我怎么没想到开时装店呢？你说我开店行不行？"

"你开时装店？"李红不由笑了起来，说："我觉得你一个大老爷们儿毛手毛脚的不太合适，还是女人开时装店最合适了。"

赵大辛一听，不高兴地说："我虽不识几个字，没你那么高的文凭，但开一家时装店我看还是能够应付的，不就是进些货再卖出去吗？这有啥难的？你等着瞧好了。"

李红知道丈夫是个驴脾气，他要认准的事就是十头牛也休想拉回来。

不久，赵大辛果然租了一家门面开起了时装店，他知道如今做生意赚女人和孩子的钱最容易了，因此他除了男人的西装、女人的裙子外，还进了不少童装，款式多种多样。原本雄心勃勃，可生活像是和他开了个玩笑，生意十分清淡，好不容易半年挺过来，细细算了算账目，倒贴进去好几个月的房租钱，赵大辛心想，难道我真的不适合开时装店吗？

也就在这时候，在赵大辛对面又开了一家时装店，店主是个说话很嗲的小姑娘，她的时装跟赵大辛店里的一模一样，开价却比赵大辛要高，然而奇怪的是，小姑娘的生意却比赵大辛好。

赵大辛就大惑不解，回家跟李红一说，李红说："当初我就对你说过，你开时装店不合适，这回总该信了吧？"

赵大辛摸摸头皮说：“这怎么回事呀？”

李红说：“你想想吧，做生意笑脸相迎，你一个五大三粗的男人往门前一站，嘴又不甜，那些女孩子有谁会进来买裙子？再说了，总得试试合身不合身吧？你让那些女孩子在一个不相识的男人面前换裙子？”

“这，我倒没想过。”赵大辛细细一想，还真是这个理。

几天后，赵大辛关了时装店，蹬起了三轮车。

刊湖北黄冈《城乡故事》总第7期（2012年1月）

白玫瑰发廊

他舒服地坐在理发椅子上，以一种欣赏的目光，从镜子里看如花似玉的小雪姑娘为自己理发。

夏天快到了，理发的顾客也日渐减少，大雪站在一边看着妹妹小雪理发，还时不时地看看镜子里的他。

小雪说：“姐，水还没开？”

大雪说：“不用撵我，我没那么笨。”

小雪脸就有些红了，说：“姐，看你。”

他听了，心里有种甜丝丝的感觉。小雪的手指像根葱，纤细、白嫩，在他头上操作，还不时轻轻地擦过他的脸颊，好温馨，吹风机呼呼地喷着热气，直往他脖子里钻。

姐妹俩对他了解得不多，自从三个月前他第一次来，理完发后直夸姐妹俩的手艺不错，以后就天天来吹头，而且总是在上午九点钟光景来。时间一长，大雪察觉到，妹妹嘴上虽然不说，心里却喜欢上这位小伙子了。大雪也就只好睁一眼闭一眼，随他们眉来眼去的，只当没瞧见，也尽量让小雪去为他服务。

他看上去很斯文，戴一副眼镜，也乐意小雪为自己吹头，据他说自己是名牌大学毕业，在一家合资厂当厂长助理。

小雪对他更另眼相待。

今天他来得有些晚。卖五香豆腐干的老头每天九点半推着车子晃悠悠地从门前走过。小雪有点心神不定地朝墙上的挂钟一直看，大雪见了，暗暗一笑，笑妹妹痴，就说："放心好了，你的白马王子肯定会来。"这么一说，姐妹俩就嘻嘻哈哈地互相调侃一番，直到他来。

他的脸型棱角分明，戴一副金丝边眼镜，头发本来是很柔软的，每天都用进口摩丝，吹风完后又喷上进口定型水，把原本看上去不太浓密的头发扯得高高的，别有一番潇洒的形象。

理完发，像往常一样，他从口袋里掏出一张百元大钞。

小雪看他一眼，没接。

他笑笑，说："哪有理发不付钱的？"

小雪就接过来，打开钱箱，小雪愣住了，这时才记起，他来之前，有一位女顾客来吹头，也用一张百元大钞，都找给她了。小雪每天早晨都去隔壁的新潮裁缝店换钱，为的就是能找给他。

小雪说："找不开了。"

大雪说："反正你每天都来，存在这里好了。"

小雪也忙说："对啊，你每天都来吹头，给你优惠，每次五块。"

他听了这话，说："好的好的，也省得我每天掏钱了。"

正在这时候，一个小伙子急匆匆跑进店来。

大雪见是卖面条的阿明，忙招呼道："阿明老板，今天有空来理发啊？"

阿明却将一张一元纸币塞到他手里，然后说："不是的，他每天到我店里用零钱调张大钞票，说是家里开爿小店，介款用大票容易些，今天他的零票中多了一元，当时也没发现……"

还没等阿明把话说完，他的脸就由红变紫……

刊吉林《城市晚报》1993年6月11日

刊上海《市容建设报》1994年4月30日

打证明

儿子佳佳大三了，这段时间有空，周新生决定全家跟团出国旅游。他去旅行社咨询有关手续，财力证明这一块已经准备了，而文件材料中，有一项要求填写紧急联络人，必须是亲属，说是为了发生紧急情况后能迅速通知到旅客家属。周新生填写了母亲的信息，但周新生的户口本上没有他母亲的信息，旅行社工作人员让他换填其他亲属，周新生想，岳父岳母都已过世，除了自己母亲也无其他直系亲属了，周新生就说："那我去打张证明来，可以吧？"

工作人员说："有证明当然可以，材料越齐全越好。"

不就是打张证明吗？这事简单。周新生去了社区，工作人员说他母亲的户口不在本市，应该去当地派出所。周新生就回了趟百里外的老家——邻省一个山脚下的小镇，派出所工作人员一查，马上查到了周新生的母亲，却没有周新生的信息，这个证明也无法打出来，就建议周新生去他母亲居住的村委会打。

去村委会的路上，周新生心想，自己的户口是在一九八一年迁出的，那年他上大学，后来毕业分配到这个县城工作，户口又落实在厂里，至今已有三十多年了。母亲一直住在老家，父亲去世得早，是母亲坚持打两份工才供自己上完大学的。

去年暑假，周新生就打算出国旅游，但那时母亲突发脑出血，幸亏抢救及时，痊愈后，母亲的身体大不如前。周新生不忍心让母亲独自一人住在老家，想把母亲接过来同住，但母亲不愿意。周新生住在高层，他和妻子平时工作较忙，只有晚上才回家。儿子佳佳读小学时，接母亲来县城住了几年，那时他们还住在东兴街的二楼，穿过马路就是菜市场，那里有几个租了摊位卖菜的老乡，送佳佳上学后，母亲就去菜市场找老乡说说话。后来，佳佳去民办学校，初中三年、高中三年都住校。因交通不便，母亲又晕车，就很少来县城。

周新生的母亲今年八十岁了，年初的时候，周新生跟母亲商量，要么接来同住，要么去养老中心，但母亲都不愿意，母亲说，在山脚下住了一辈子，不想换地方，周新生只好作罢。

周新生来到母亲居住的村委会，工作人员是个小姑娘，查了一会儿，对他说："你母亲的户口是一个人的呀……"

周新生说："我知道，我的户口很早就迁出了。我从小就在这儿长大，整个村坊的人都知道。"

小姑娘回答道："这样啊，户口不在一起的话，那这个事我要请示领导，明天答复你，好吗？"

周新生不明白，而且更加纳闷了：谁都知道我是我妈的儿子，但打个证明咋这么难呢？他失望地往外走，却听见小姑娘跟另一位工作人员轻声说：“他是我们村第一个考上大学的，以前听老主任说起过，他原来叫心生，心脏的心，后来报户口时写成了新旧的新。你不知道吧？其实他是个孤儿，出生后就被收养，两口子生不了，所以对他可好了。”

周新生震惊了，他从没怀疑过自己的身世，读初二那年，父亲病了，却不肯住院，说把钱留给儿子上学用，不久，父亲病故。读高中时，家里就很穷了，那年母亲四十五岁，起早摸黑忙完了田里的农活，又去镇上粮管所里扛粮食，夏季去冷饮店批棒冰，然后头顶骄阳、挑着两个木箱沿街卖棒冰……

回到县城后，周新生取消了旅游计划，一家三口回到老家，在未来的岁月里，他想多陪陪母亲。

刊浙江《嘉兴日报桐乡新闻》“梧桐树”副刊 2015 年 6 月 10 日

对门小两口

自从搬进新居后，郭伟发现，隔壁也是一对刚结婚的小两口。

这小两口很有意思，女的留一头短发，身材娇小，喉咙却挺响，一天到晚唠叨个不停。男的身材魁梧，戴一副近视眼镜，满脸络腮胡子，说话却不多，声音也不大，所以更多时候听到的是女的声音。

晚上，这小两口也经常出来散步，女的依然喋喋不休，而男的唯有倾听。有一回，郭伟跟在他俩后面，只听见女的说："昨天你的那位朋友，哎呀，简直是个话痨，一张嘴就天马行空没完没了，香烟一支接一支，抽就抽吧，你也是，不用一支接一支陪着他抽，这东西又不是什么滋补品，抽多了对肺不好，弄得满屋子烟味，你闻闻，我身上到现在好像还有一股烟味。还有，桌上明明有烟灰缸，他倒好，手舞足蹈的样子，把烟灰全抖落在地板上，你不搞卫生不知道，地板上都留下了一个个小黑点，擦也擦不掉，难看死了。喂，注意看脚下！你走哪儿啊？那儿一堆乱石子，要是一不小心崴了脚，有你好受的……"

男的站住脚，望了望脚下，呵呵一笑，然后小心翼翼地往前走。

这小两口性格完全相反，女的是火暴脾气，叽里呱啦从不消停，男的是好好先生，像个闷葫芦一样，只听不说。搬来快一年了，好像也没见他们吵过架，在外人看来，他们出双入对，是一对甜蜜而幸福的夫妻。

这天黄昏，郭伟出门倒垃圾，回来时正碰上隔壁的高个儿男，郭伟掏出香烟递给他一支。郭伟说："我家里那位闻不得烟味，要抽烟只能到阳台上去抽，还是你好，想抽就抽。"高个子男说："我那位倒是无所谓，就是呱啦呱啦地说，刚抽完一支又要抽了？你以为这是维生素啊。"郭伟哈哈大笑，又说："你老婆那个脾气，说真的也只有你才能忍。"高个子男说："我倒没觉得什么呀。"郭伟望了望高个儿男，真怀疑他的耳朵是不是出了问题，于是又说："每天在你耳朵旁叽叽喳喳地叫，就不头疼？"高个子男说："你误会了，那是在乎我，她每天一大早就为我准备早餐，然后叫我起床，我这人有赖床的习惯，而且特马虎，刚结婚那阵，我偶尔也会做饭烧菜，可毛手毛脚的不是打碎碗就是把盐当作糖，后来，所有家务她都包揽了，我嘛，做甩手相公，饭来张口衣来伸手，还有什么不满足的？你说是不是这个理？”郭伟听了，也对，确实是这么个道理，大概这就是所谓的“夫妻互补”吧。

一支烟抽完，两人进了电梯间，上了楼，各自进家门。

郭伟看见妻子舒服地半躺在沙发上，打开电视，等待着又长又烂的爱情肥皂剧开播。郭伟说：“哎呀，今晚我那篇论文无论如何得完成，老婆，今天这碗你就帮我洗一回吧？”妻子缓缓伸出那双纤细白嫩的手，嗲声嗲气地说：“老公，你看我的手，适合洗碗吗？”郭伟一看，连忙说：“不适合，真的不适合，那我还是先去洗碗，再写论文。”

走进厨房，郭伟心中不由得涌上一丝悲哀，看来自己这一生就是个劳碌命。就在此时，隔壁女主人的声音又不失时机地响了起来，郭伟望了望隔壁，竟然生发出无限感慨：那男主人幸福啊，真让人羡慕！

刊嘉兴《南湖晚报》“如果爱”副刊 2018 年 5 月 11 日

风筝

大伟在楼下喊：“小蝶！小蝶！”

小蝶就从阳台上探出头来。

大伟说：“小蝶，我扎的风筝，好看吗？”

小蝶点点头。

这是一只蝴蝶风筝，果然漂亮极了。

大伟说："小蝶，我们一起放风筝，好吗？"

每年春天，小蝶最喜欢放风筝。

小蝶望望大伟，又望望风筝，最终摇摇头，进屋去了。

大伟失望地想，小蝶整天闷在屋里，可别闷出病来。

大伟知道小蝶失恋了，她的男友出国了，一去就如断了线的风筝。

第二天，小蝶发现阳台外的晾衣绳上挂着一只风筝。

是蝴蝶风筝，随风飘动，可爱极了。

以后，小蝶每天都会在晾衣绳上收到一只精美的蝴蝶风筝。

当夏天来临的时候，小蝶家的墙壁上挂满了蝴蝶风筝，五颜六色，美丽极了。

又是一年春草绿。

大伟坐在阳台上看风景。

忽然，大伟发现蓝天里飘着一只风筝。

是蝴蝶风筝！

大伟望着飘飞的风筝，泪水不知不觉地溢出眼眶。

这时有人在楼下喊："大伟！大伟！"

大伟就探出头去。

是小蝶。

小蝶手里拿着一扎风筝，全是蝴蝶风筝，五颜六色的。

小蝶说："大伟下来，我们一起去放风筝！"

大伟黯然，好一会儿才说："我还能放风筝吗？"

大伟两只空空荡荡的衣袖在风中飞舞。

那是去年秋天，为救一位小女孩，车轮碾过大伟的双臂。

小蝶潸然泪下，说："会的，有我在，你会的……"

刊山东《通俗小说报》1998年12月2日

门铃惹的祸

张山搬入了新居，是一幢六层楼，入住的都是本单位职工，因此单位贴了些钱安装了最先进的电子防盗门，家家连接了可视监控，客人站在楼底下按门铃，不出门就可看到来者是何人。

这天下午，张山正要出门，这时有人按他家的门铃，一看监控，发现是一个老人，张山不认识他，就问道："你找谁？"

老人说："我找赵小忠。"

赵小忠住在张山下面，便说："他住三楼。"

放下监控电话，张山下了楼，打开防盗门，发现那老人还在不停地按他家的门铃，张山就说："找赵小忠是吧？你按三楼的门铃。"

谁知老人却说："是呀，我是按三楼的呀？这不，一、二、三。"

张山一看差点笑出声来，看他的手势分明是从上往下数，难怪按张山家门铃了，张山说："你没来过城里吧？数楼层得从下往上数，哪有从上往下数的道理？"

就在这时候，赵小忠回来了，见了老人说："爸，你怎么来了？"

原来他是赵小忠的丈人，刚才他俩的对话赵小忠显然也听见了，他绷着脸对张山说："我爸从乡下来，见识少，请多多包涵。"

张山一听不是滋味，便转身上街去了。

晚上，张山的妻子黄萍也知道了这事，她埋怨张山说："你给他开门就是，费那个口舌干吗？都说祸从口出，这个理难道你也不知道？”

张山憋了一肚子气，从此后不管谁按他家的门铃，张山看也没看就打开了门。直到有一天，黄萍对张山说：“以后有人按门铃，你看看清楚再开门。”

张山一愣，说：“怎么了？”

黄萍说：“今天有个收废品的，不知谁给他开的门，一直上了六楼，把那家放在门口的皮鞋全拿走了，那家女的说、说……”

张山说：“她说什么了？”

黄萍说：“她说，是谁没长眼睛，把阿猫阿狗都放进来了。”

听了这话，张山气极了，这人怎么说话的？他越想越来气，当即从工具箱中找出螺丝刀和剪刀，卸下监控电话，“咔嚓”一声就把连线剪断了。

黄萍说：“你拿它撒什么气呀？以后谁要来咱家，按半天门铃我们也不知道，人家还以为我们不让他们进屋来呢。”

张山说：“常来咱家的客人明天都通知一下，就说咱家的门铃坏了，修不好，以后上咱们家不必按门铃，直接打电话上来。”

星期天上午，张山睡到九点钟才起床，正想上街买菜，在医院上班的黄萍这时打来电话，说张山父亲刚才被车撞倒了，在医院里包扎。张山忙问：“怎么会被车撞了呢？”

黄萍说：“爸早晨来城里，按门铃以为你不在家，就骑着三轮车来医院找我，哪知过一个道口时被车撞飞了，还好只是伤了左腿。”

张山父亲住在郊区，星期天上城里来给张山带些新鲜蔬菜。张山放下电话就急急地赶去医院，一路上心想：门铃已经拆了，怎么就偏偏忘了通知父亲呢？

刊山东《当代小说》2007 年 3 期

修彩电

我在这个城市打工，白天干活，晚上看电视。电视是以前的同事老赵留给我的，一台十四英寸旧彩电。

看了十多天，彩电坏了，只好拿去修理。店主是个残疾人，生意不怎么好，见我捧着彩电，他摊开两只满是油污的手说："就放那儿吧，等会儿我检查一下。"

我说："一打开就是雪花，也不知什么坏了，我明天再来。"

第二天我去找他，他说："修好了，给你换了个零件。"说着打开电视机，屏幕上果然没了雪花，色彩也不错，我说："多少钱？"

他一边拿着遥控器换台，一边说："一百六十块，遥控器也修好了，当然这不算你钱。"

"一百六十元？小修就这么贵啊？"我想他要是再便宜二十元或者三十元我就付了，可他却说："不贵的，零件是进口的，质量我敢保证。"

我这人脾气也倔，他一分不降我也就不要了，反正这彩电不是我的，我说："那我不要了，送给你算了。"还扯了个谎说自己下个月就走，彩电就不带了。他盯着我看了一会儿，让我走之前去他那一趟。

我当然不会离开这儿，只是觉得修一下花一百六十元不值。于是在某个星期天，我去了小城的二手市场，并相中一台也是十四英寸的彩电，讨价还价一番后，付了二百八十元。

晚上躺在床上看电视，怎么看都像我那台，尤其是遥控器，忽然我发现遥控器背后有个烟烫的痕迹，我知道那是老赵不小心烫的。

第二天我去那家修理店，店主见了我，忙招呼道："我正想去工地找你呢。"

我假装糊涂，说："找我有事？"

他说："是这样的，你那台不要的彩电我已经替你处理掉了，本来可以卖三百二十块，可那顾客太精，只卖了二百八十块。"说罢从口袋里掏出一百二十元递给我，我不好意思拿钱，说："谢谢你哦，既然这样，那我就要一百元，这二十元算是手续费吧。"

"那怎么行？出来打工都不容易，能帮忙的地方我一定尽力。"他把钱硬塞进我手里，又说："我妹妹就在二手市场里开店，是她帮的忙，不收手续费。"

我不知说什么好，趁他不注意，丢下二十元钱逃似的离开了。

刊浙江《青年时报》2003 年 5 月 22 日
刊河南《大河报》2004 年 3 月 2 日

误入家门

这天晚上，张山夫妇应邀去朋友家做客，酒足饭饱之后就摆起"方阵"来消遣。几圈下来，不善熬夜的张山早已呵欠连天，但他妻子林枫玩得正起劲，不愿就此歇手，张山只得带着醉意独自回家。

他掏出钥匙打开家门，摁亮灯，一眼就发现桌子上有一串钥匙，是妻子林枫的，刚才由于走得急而忘了带在身上。张山自言自语地嘀咕了一声，虚掩着房门脚也不洗就倒头呼呼大睡起来。

张山一觉醒来，听到身边的妻子发出的呼噜声怎么比平时响了许多，不由借着微弱的灯光仔细一看，忽地大吃一惊，这睡在身边的女人竟不是自己的妻子！吓得他一骨碌爬起来，赶紧拿起电话拨打“110”报警。

刚放下电话，这时从楼下传来了一阵熟悉的皮鞋声，张山心想这下完了，这莫名其妙的女人让自己跳进黄河也洗不清了。上来的人果然是林枫，她见丈夫这么晚了还站在门口迎接，心里不由涌起了一阵感激之情，强打精神说：“今天手气真不错，你猜猜赢了多少？”

此时的张山是大气也不敢出，伸手拦住了妻子，结结巴巴地说：“你……我……”这没头没脑的事还真不知从哪儿说起才好。

林枫狐疑地瞅了瞅张山，猛地推开他，冲进门一看，什么都明白了。

好啊，胆子越来越大了！她刚要大吵大闹，正在这时候，“110”巡警也赶了上来。

张山连忙把情况一说，接着众人来到床前，见那女人仍在高一声低一声地打着呼噜，林枫更是气得横眉立目，使劲地摇醒了她。只见那女人睡眼惺忪地坐起来，疲惫地望了一眼警察，蓦地一惊，脱口喊道：“遭贼了！德胜——”

她这一叫，张山夫妇马上认出来了，“你是马德胜的老婆李晴？怎么跑我家来了？”

细说起来，张山和李晴的丈夫马德胜都是新近富起来的大款，两人都在“卷烟市场”里摆摊，但同行相妒，平常见面只点点头而已，从不互相来往。

李晴听到张山夫妇的声音，又是一惊，这才把满头凌乱的长发向后拢了拢，睁大双眼环顾四周，不由得目瞪口呆。

原来，这里是近年才开发起来的居民住宅区，共有八十多幢楼房，因为样式差不多，张山住在46幢1单元301室，而李晴就住在后面的48幢1单元301室。今夜她也从外面搓完麻将回家，迷迷糊糊中错走入张山所住的楼层，见门虚掩着，还以为是细心的丈夫替自己留开了房门，于是，满身疲惫地丢下坤包倒头就睡……

刊湖北《古今故事报》213期（1998年12月）

生意

晶晶下岗后开了一家服装店，生意不火不淡。这天，以前同厂的赵亮找到他，说新交的女朋友红芸想开一间时装店，头一次进货让晶晶帮忙引引路，参考参考。赵亮靠卖假烟起家，如今是财大气粗，原配夫人被他一脚蹬了，很快又找了个花枝招展的女孩。

晶晶吸一口烟，答应道："这没问题。"

第二天，晶晶就与赵亮、红芸一块儿去了省城，一路上吃喝开销都是赵亮掏钱，在省城最大的服装批发市场进了一批西装，老板跟晶晶很熟，按一百元一套算，晶晶又讨价还价一番，最后讲定八十元一套。归途中，晶晶说可以卖到两百元一套，若还价的话最低也得一百五十元。说得红芸心花怒放。

回来后，赵亮当即送一条“红塔山”香烟给晶晶，晶晶推辞着，说：“瞧瞧，见外了不是？咱俩谁跟谁呀？”

赵亮连连说：“应该的应该的，一点小意思嘛。”

不想两天后赵亮又来找晶晶，先把红芸骂了一番，最后才说：“店还没开张，她翅膀倒硬了。”

原来他俩闹翻了脸。

晶晶便问：“事情都了结了？”

赵亮垂头丧气地点点头。

晶晶说：“那批西装款也是你的？”

“我才没那么傻，那是她自己的钱。”顿了一下，赵亮又说：“她在我之前找过四个男人，没想到跟我一个月就想跳船。”

隔一天，晶晶去找红芸。

红芸的店面已经装潢完毕，她正在整理货料，见晶晶走进来，假装没看见。

晶晶走到红芸面前，真诚地说：“那批货有点质量问题，我帮你退掉好不好？”

红芸听了这话，沉下脸，说：“你别假惺惺地，眼红了是不是？”

晶晶急了，说：“我不骗你，那批货是次品，六十元一套也卖不出去的。”

红芸没好气地说：“是不是赵亮叫你来的？”

晶晶摇摇头，说：“不是。”

红芸说：“那你来干吗？进货是我的钱，亏了也是我的，跟你有什么关系？”

晶晶搓着手说：“是没关系，不过，我良心上过不去。”

“得了得了。”红芸冷笑道：“说得比唱得还好听，货是你帮我进的，你就直说好了，要多少好处费？”

晶晶连连摆手说：“你别误会，我只是来告诉你一声，这批货不是正品。”

红芸盯着晶晶看了一会儿，说：“你说完了没有？”

晶晶点点头道：“完了。”

红芸指着一地的货料说：“你现在可以走了，你没见我正忙着吗？”

晶晶听了这话，叹口气，心想真是狗咬吕洞宾不识好人心，便摇摇头心安理得地走了。

几日后，红芸的时装店终于开张了，鞭炮放了一地。晶晶帮助进的那批西装，红芸挂出好几套，标价三百元，第一天就卖出五套。

晶晶得知后大惑不解，回家跟老婆李萍说了，李萍不以为然地说：“男人就这德行，见了漂亮女人就一哄而上。”

晶晶说：“这价格也太离谱了呀？”

“这又有什么？”李萍望一眼晶晶，说：“如今的男人在漂亮女人的面前，好像个个都是大款似的，钱不当钱用。”

晶晶听了这话，陷入了沉思……

刊山东《当代小说》2002 年 5 期

秋风秋雨

最后一节自习课，雨终于随着风飘了下来。

秋萍望着窗外的雨，忽然想起多年以前，也是这样下着雨的秋天，为了从飞驶而来的汽车下救一位小女孩，爸爸永远地离开了她。爸爸生前是义务兵，出事那年冬天即将退伍……

班主任悄无声响地走到秋萍身边说："秋萍，你出来一下好吗？"

原先的班主任刘老师突然生病了，这位代班主任姓黄，二十来岁，戴一副金丝边眼镜，走路时，黑亮的披肩发一甩一甩的。

办公室里两个新分配来的男老师正在认真地备着课。

秋萍极不自然地站在黄老师面前，黄老师拿过一把椅子让她坐下。

黄老师和蔼地说："秋萍，昨晚的有线电视你看了没有？"

秋萍一怔，抬起头疑惑地望望黄老师，黄老师若有所思地笑了笑，说："你别紧张，也不要有什么顾虑。"

秋萍又低下头去，脸红红的，许久才轻轻地点点头。

"你看了以后，有什么感想？"黄老师柔声细语地说："跟我谈谈好吗？"

秋萍的脸就红到了脖根底下。

"电视台采访了三中，你也是初中生了，对电视中关于中学生早恋的问题，你是怎么想的？"

秋萍怔了一下，匆匆望一眼黄老师，站起来说："我、我……其实中学生是不应该早恋的。"

黄老师"扑哧"一声笑了，说："坐下说吧，秋萍，我只是想跟你随便谈谈，因为你是班长，又是团支部宣传委员，有一定的代表性。”

秋萍也跟着尴尬地笑了笑。

“电视台虽然没有采访我们二中，但据我所知，中学生早恋的问题，在我们二中也同样存在……”

秋萍忽然发现那两位新来的男老师停下了笔，眼睛不住地打量着这边，秋萍感到浑身的不自在，她低着头，眼睛盯着自己那双有些裂胶的保暖鞋，手心里也沁出了汗。

“我、我……”秋萍支支吾吾地说不出话来。

时间在沉默中悄悄地流淌。

“丁零零——”下课铃声终于响了起来。

黄老师看看表，说：“今天就谈到这儿吧。你的成绩一向不错，明年就要升高中了。知道吗？”

秋萍吃力地点点头，逃似的跑出办公室。

雨仍然下着，秋萍冒着雨一口气跑回家，顾不上擦身上的雨，狠狠地把书包往桌上一摔，把正在埋头择菠菜的母亲吓了一跳。

“妈！我们也装有线电视吧，我们班里就我家还没装。”秋萍说着，委屈得想哭。

母亲身体不太好，一直请病假在家休养，她爱怜地看了女儿一眼，深深地叹一口气。

望着还未满四十岁的母亲头上已有许多白发，秋萍的心又软了下来，含着泪说：“妈，我是说着玩的，您别往心里去。”

说罢，秋萍拿起书包进了房间……

刊陕西《精短小说》2003 年 1 期

惹祸的鹩哥

张山的妻子黄萍要出差一段时间，唯一放心不下的就是家中的那只宠物“鹩哥”，张山就对她说：“放心吧，有我在，等你回来保证少不了一根毛。”

其实张山自己照顾自己都难，更别说去关照它了，但为了让妻子安心出差，张山只能这样安慰她了。

等黄萍一离开，张山就把“鹩哥”送到了好友李四家。李四小两口都喜爱宠物，家中养了三只波斯猫、两条京巴狗，还有五只巴西龟，张山交代他说：“只要让它吃好睡好，不瘦就行。”

李四说：“咱俩谁跟谁呀？只管放一百个心，你的事就是我的事。”

一晃十多天过去了，黄萍中午要回来了，张山一大早就去李四家把“鹩哥”接回了家，黄萍着实夸奖了他一番。

晚上下班，刚进门，黄萍就闪着那双大眼睛从张山身上仔仔细细搜索一遍，又把鼻子凑过去闻了闻。张山被她这番举动弄得丈二和尚摸不着头脑，便奇怪地问道：“有什么事吗？”

黄萍却扭过头去，理也不理张山，当晚，黄萍把冷冷的背脊对着他。

第二天也是如此。

第三天仍是如此。

张山终于忍无可忍，对黄萍吼道：“干什么这样对我？我哪里做错了？”

黄萍见张山发怒，也不搭话，拉着张山就来到客厅，对着“鹩哥”背起唐诗来，然而奇怪的是，那只平常最爱背唐诗的

“鹩哥”，此时却说出一句让张山胆战心惊的话：“离婚！”隔了几秒，又说出一句：“我爱你！”

怎么会这样呢？张山一怔之下明白了，问题一定出在李四身上，他在家里瞒着老婆搞婚外恋，却被这只聪明的“鹩哥”记住了几句话。

知道了原因，张山倒冷静下来，他思忖开了，这事可不能说，李四帮我，我也不能害他吧。

于是张山对黄萍说：“这又有什么好惊奇的，也许它是从电视里学来的，再说你十多天没有教它了。”

黄萍听了这话，冷冷一笑，说：“你把我当三岁小孩啊，告诉你，这事没完！”

不料，第二天下班，张山一打开门，就发现黄萍做了丰盛的晚餐，张山被搞糊涂了，又一想，坏了，难道这就是最后的晚餐？

只见黄萍笑嘻嘻地迎过来说：“事情过去了，我特意犒劳你的。”

张山一头雾水，愣愣地望着黄萍。

黄萍又说：“今天碰上丽芳了，她也正怀疑李四呢，我家的‘鹩哥’明天她打算借用一下，作为呈堂证供。”

听了这话，张山噎得一句话也没说出来。

丽芳是李四的妻子，这下李四可惨了，张山就是想帮也帮不上了。

就在这时，张山的手机响了，掏出来一看，正是李四打来的。

张山赶紧把手机往黄萍手里塞，一边说：“告诉他，就说我喝醉了。”

刊广东《佛山文艺》2006年4期

收入《2009年度幽默作品》(长江文艺出版社2009年12月)

偶然相逢

吴越是个下岗工人，一没文凭，二无技术，年龄又超过了四十岁，再就业的机会自然比别人少了许多，好在他妻子贤惠，并没有看扁他的意思。妻子李梅在一家公司当会计，不管咋说总是“喝过几年墨水”的人了，知书达理，说话办事温温柔柔的，从没一丁点儿怨气。一家三口全靠李梅那点工资，况且儿子在外地上大学，正是花大钱重点培养的时候。

吴越在家闲了一段日子，终于下定决心走出家门，在马路边摆了个修理自行车的小摊。起先生意并不好，日子一长，每天也能挣个三五十元，比厂里那点工资还多。吴越心里这个高兴劲就甭提啦，心想活人哪能被尿憋死，其实自己早就应该这样做了。

可是最近吴越心里微微地起了一丝波澜。以往，当他疲惫地回到家，李梅总是做好了可口的饭菜等他回来，换下的脏衣服也不用说，总是洗得干干净净，并且叠好了放在床头。李梅八小时之外用一双巧手把家整理得一尘不染、有条不紊，让他感到既满意又知足。可最近一段时间却有点乱了套，李梅常常回来的比他晚，换下的衣服也要放上三五天才洗。李梅解释说单位工作忙，鬼才相信呢。吴越望着李梅憔悴的脸，还是忍下了心中的怨气。

这天下午，吴越突然记起今天是李梅的生日。以往，虽然生活忙忙碌碌，但每逢生日总要好好庆祝一番，刚结婚那几年还不忘买点小小的纪念品，后来，浪漫就渐渐远离了他们。想到这儿，吴越心中不由一动，收了摊。他想先去买件礼物，再去菜市场买菜，然后回家做饭，给妻子一个惊喜。

吴越来到一家新开的商店，心里寻思着给妻子买什么礼物，蓦然间他发现店内账桌前一个十分熟悉的身影。走过去一看，吴越不由得惊大了嘴，这个帮店里算账的正是自己妻子李梅。

“你、你怎么在这儿？”

偶然相逢，颇觉意外，李梅脸一下子红到了脖根，嗫嚅着说：“我是抽空来帮帮忙……”

吴越愣了一会儿才低声地说：“你下班后又来打工？”

李梅羞涩地一笑，扯开话题说：“你今天这么早收摊，去哪？”

“今天是你的生日，我、我想给你买件礼物。”

“是吗，我倒差点忘了。”李梅停止了手上的活，走出来挽起吴越的手臂，然后望了他一眼，说：“都老夫老妻了，还买什么礼物。”

不知不觉中吴越眼眶湿润了。

在这个阳光明媚的下午，他蓦然间觉得自己平常对妻子关心太少，欠她的实在是太多了。

于是，他情不自禁地往李梅身边靠了靠，他们相偎着向菜市场走去。

刊福建《福州日报》1998 年 11 月 12 日

禁烟线

晓明歪戴着一顶鸭舌工作帽，一手插进裤袋，发白的牛仔裤上点点油腻，一手捏着一支烟，嘴里哼着《走过咖啡屋》，一双破皮鞋“得得得”地跨进厂大门。

整个办公大楼静悄悄的，没一个人影，他轻轻地“哼”了一声。

突然，晓明猛地停住脚步，忙不迭地扔掉手里的烟，可是，已经晚了。

“喂，站住——”从那边快步走来了保卫科的老李。

晓明低头一看，自己的一只脚正好跨进车间区的那条醒目的红线——禁烟线里。

“罚款五元，”老李铁青着脸，从口袋里掏出那本浅蓝色发票。

晓明耸耸肩说：“我没抽烟。”

“没吸烟？”老李耐心从地上捡起烟蒂，吹了一口气，说：“这不是你吸的？还燃着呢！”

“这是我抽的，”晓明拿下鸭舌帽一挥，解释道：“可不是在禁烟线内抽的。”

这下老李火了，大声说：“还强词夺理?！你是哪个车间的？”

此时正是午餐休息时间，不一会儿，就围拢许多人。

“大伙看看，这条禁烟线划得合理不合理？”晓明见围上来许多人，就扯着喉咙说：“进车间就不许抽烟，那办公大楼就可以抽烟？难怪我厂搞不好，听说明天又要来一个新厂长。”曾被罚过款的人听了这话，都附和道：“是啊，说得有理，不知有多少人被罚了这冤枉钱。”

“这根本不是禁烟线，而是官僚线。”

“哈哈哈……”小伙子们都爱凑热闹。

“你、你……”老李捏着发票，鼻尖上冒出几滴汗珠，一下说不出话来。

这时，一位四十多岁的中年人从口袋里掏出五元钱对老李说：“给你。”

老李说：“你是……他什么人？”

“我嘛，”中年人爽朗一笑：“他师傅。”

“叫什么名？”老李扶扶眼镜，像抓住了救星，忙掏出笔开起发票。

“不用写名了。”中年人替老李撕下票，从容地塞进口袋，走了。

晓明愣了一下，又“嘿嘿”一笑，心说有趣，我师傅？去你的吧，我可从来没有见过你这个师傅呢。

第二天，晓明刚到厂门口，就见一条又粗又大的红线划在进门口的地上，一边还写着醒目的大红字：禁烟线。

一个好事的哥们儿早跑了过来：“哎，明哥，昨天替你受罚的那个，就是新来的厂长。”

“哎呀，我的妈！”晓明吐了一下舌头，忽然“扑哧”一声笑了，扶扶鸭舌帽，扔掉烟，双手插进牛仔裤袋，哼着《三百六十五个祝福》，一双破皮鞋“得得得”地向车间而去……

刊上海《纺织政工研究》1991 年 4 期

杏儿

杏儿当上科长以后，家里的生活便开始发生了一些变化。

杏儿工作整天很忙，一忙就顾不上家庭了，直到很晚回到家，杏儿又总有一肚子气，因为杏儿越来越觉得：他整天懒懒散散的，手中从不断烟，一副不干事的腔调，简直没一点男子汉的气魄。有了这层想法后，杏儿再看自家的男人，真是越看越不顺眼，心想自己真是昏了头，当初竟然会看上他？杏儿心里头就有了离婚的念头。

其实他在一家不太景气的公司里上班，心里同样窝着一股气，心想这日子是怎么过来的？当初两口子甜甜蜜蜜恩恩爱爱让多少人羡慕？可如今一切都已随风而逝。

这女人一当官就变脸。

有一天杏儿对他说："我们离婚吧！"

他抽着烟，兀自坐在沙发里看电视，听了这话，点点头："行，房子归我。"

杏儿一听就跳了起来："房子归你，我住哪？"

他朝天喷了一口烟，说："房子归你，那我住哪儿？"

杏儿说："你应该知道，这房子是我们单位的。"

"不错。"他把头转向杏儿，慢条斯理地说："怎么说也有我的份吧？要是当初我俩不去登记的话，这房子也不会分给我们的。"

杏儿想了想，觉得有些道理，房子是他们的共有财产。

杏儿就去单位找局长，想要一个单间，自己搬出来住。

局长听了很是惊讶。

局长盯着杏儿，语重心长地说："你也不小了，要多注意社会影响。"

局长的意思是让她再考虑一下，刚提她当科长就闹离婚，这多不好？

为了房子，这婚离不了。

于是，杏儿愤愤地想，做女人真不易，做当官的女人更不易。

自此后，杏儿回家话更少了，似乎把家当成了旅馆，而一心扑在工作上，于是事业红红火火的。

年终，由于杏儿成绩突出，又被提到了副局长。

杏儿心想，幸亏当初没离婚。

不想，这时候男人却认识了一位女老板，主动提出离婚，而且不要房子。

杏儿望了望男人，心里就有些失落，说："好好的，为什么要离婚？"

这一次，他却铁了心，说："这日子没法过下去了。"

杏儿瞅了瞅四壁，心想也真是的，这屋子都乱成啥样了？杏儿看在眼里，心里就有些内疚，说："给我一个月的时间。"

自此杏儿每天下班就早早回家，把家里收拾得一尘不染，于是，家里又有了些许温馨。

一个月过去了，杏儿见男人还没动静，有一天忍不住问："不离了？"

他抽着烟正坐在沙发里看电视，听了这话，一愣，说："好好的，离什么？"

这话让杏儿更是一头雾水。

后来杏儿终于得知，其实男人根本没有相好的女老板，这一招叫欲擒故纵，是一位哥们儿教他的。

杏儿哭笑不得，心想，谁说得清这日子晃荡来晃荡去的是怎么一回事呢。

不过，幸好这只是一个招数。杏儿觉得，现在有些离不开家庭了，因为，有家的感觉真好。

刊天津《通俗文艺报》1999 年 12 月 3 日

刊河南《新乡日报》2006 年 2 月 26 日

一路向北

A 早晨起来，母亲又在唠唠叨叨。她顾不上吃早点，拿起坤包就匆匆离家。

不知什么时候起，母亲开始爱唠叨了。这也难怪，她这个年龄，已经过了如花的季节，虽然恋爱过几次，却总是以失败而告终。这个喧嚣的城市，一颗颗浮躁的心，在灯红酒绿的旋涡中，还会有真诚的爱情吗？她犹豫着，彷徨着，来来往往的人群中，那个人会出现吗？

公司离家很远，她必须乘地铁。登上车，她拿出手机玩游戏，来打发这无聊的半小时。每天的生活节奏就像上了发条的闹钟，你必须时刻保持清醒的头脑，来不得半点马虎，从这个节点到下一个节点，一环扣一环。工作亦是如此，刚结束一个企案，马上就有新的企案放在面前。她觉得累。

地铁往北行驶，停了几个站点后，她到站了。

她拿起包下车，一眼就望见了他。像往常一样，他静静地站在人群最后面，高高的个子特别显眼，他低着头，专注手机里的游戏。

她与他擦肩而过，不知为什么，她的心动了一下，走了几步，她转过身来，看见他走进车厢，车门缓缓关闭，一路向北而去。

B 母亲说，明天去见见吧。她心烦地放下书，说妈，你又来了。母亲说，都二十八岁了，也该成个家。她说，知道了，妈，我不急你急什么呀？母亲说，你要再看不上，那我就上电视给你征婚去。她急了，说，妈，你饶了我吧，我自己会努力的。

其实连她也不知道，究竟相亲多少回了，这情景就像菜市场，面无表情地杵在那儿，等着人看，而事情往往颇具戏剧化，她看上的，人家却看不上，而人家看上的，她又没感觉。

C 母亲又托人给她介绍了一个，趁着双休日约会，她本不情愿，却又不得不去，免得母亲唠叨起来没完没了。

母亲说，水果批发市场的黄阿姨你认识吧？她打断母亲的话，说，妈，你告诉我在哪儿见面就行了。母亲说，市政广场，黄阿姨在那儿等你。她点点头，简单地打扮一下，就出了门。

来到市政广场，黄阿姨老远就朝她招手。黄阿姨身旁，还有个高个子小伙，竟是他！她的心莫名地跳动起来。

D 早晨起来，母亲在厨房里忙碌。母亲说，吃了早饭再去上班。她说，好的。母亲的心情很好，也不再唠叨了。黄阿姨在电话里告诉她，这回两人对上眼了。

坐上地铁，她给他发微信：起床了吗？他回：在吃早餐，一会儿见。

她给他发了个笑脸。

地铁往北一路行驶，停了几个站点后，她到站了。

她第一个下来。他依然站在人群最后，高高的个子，这回没有低头玩游戏，他也看到了她，朝她挥了挥手。

她与他握了握手，他就匆匆地登上车。

车门缓缓关闭，一路向北而去。

她给他发微信：一路平安，晚上见！

刊嘉兴《南湖晚报》“如果爱”副刊 2022 年 9 月 7 日

《蜜蜂》邮票风波

张三发现儿子的邮票册里少了一套《蜜蜂》，等儿子放学归来，就追问道：“我前几日给你的《蜜蜂》邮票哪去了？”

儿子扔下书包，冲口而出：“飞了。”

张三愣了一下，疑惑地说：“飞了？”

儿子说：“就是卖了。”

张三一听，差点气昏了头：“什么？你……”

妻子说：“你这么气势汹汹干吗，他还是个孩子。”

“你少管！”张三一把推开妻子：“都是你宠的！”又对着儿子说：“说！你卖了多少钱？”

“卖了五块钱。”儿子得意地说：“差不多赚了一半呢。”

妻子忙说：“这不好了吗。”

“好你个头！”张三说：“我把邮票买进来，他却把邮票卖出去！不是败家子是什么？！”

妻子说：“什么败家子，多难听！这不赚了一半吗？”

儿子说："对，这叫拍卖！谁钱出得高，就卖给谁。"

张三对妻子说："你瞧瞧！你瞧瞧！这么小的人，竟然就有了经商意识，还能学好？"

妻子说："这有什么不好的？从小就有经商意识，长大就不会吃亏了。"

张三说："好好好，你总是有理！以后就全由你去管他好了！"

妻子说："这都怪你，儿子这么乖，又这么聪明，由他去好了。靠管教出来的，都是些呆头呆脑的人。"

张三心里忽然想起一句话："瘌痢头儿子总是自家的好。"但他终于没说出口来。

第二天，张三从老师那里得知，原来儿子把卖邮票的钱都捐给了希望工程。

张三心想，这小东西，捐款是好事，为什么不告诉我？晚上又问儿子，儿子还说："就是不告诉你。"

妻子也对儿子说："你要捐款，我给你就是了，为什么要卖邮票呢？"

"不要你的钱。"儿子说："我们201班的集邮小组把拍卖邮票的钱捐给希望工程，意义更大。"

儿子说到这儿，得意地晃了晃脑袋："这还是我发起的呢。"

张三说："好事是好事，不过呢，也应该告诉我们一声。"

妻子说："孩子也有孩子的秘密呀。"

张三对儿子说："这样吧，我再给你两套《蜜蜂》邮票，好不好？"

儿子说："你舍得？"

张三连连点头道："那当然，那当然。"

刊《中国集邮报》1996年2月28日

英雄情结

在纺织厂工作的小小，是来自湖南的打工妹，长得瘦瘦小小，真是人如其名。她没什么爱好，闲时就爱看武侠小说，金庸、梁羽生、古龙等人写的武侠小说看了不少，因此她崇拜英雄人物，渴望结识英雄人物，所以心目中的他，也应该是高大威武，让人有安全感的。可生活像是和她开了个玩笑似的，那个他名叫刘纯一，来自四川的山区，穿着很朴素，比她稍微高一点，与她心仪已久的英雄人物相差千里。但小小常常想，茫茫人海中，遇上他何尝不是一种缘分呢？于是，小小与他交往了。

日子来来往往，刘纯一也渐渐走进了小小的生活，虽然他话语不多，显得有点木讷，但老实本分，而且对人也温和。这样，小小觉得还算满意，甚至感受到了初恋的甜蜜。不久，两人就在郊区租了房子，虽不大，但有两个房间，小小和刘纯各一间。

这天上夜班，午夜十二时下班，正赶上雷阵雨，小小和同伴丽丽骑着自行车回家，途经半道，忽然一个响雷，两个女孩吓得花容失色，赶紧下车跑到一家早已关门的超市门前躲雨。丽丽和小小是同乡，也在郊区租了房。丽丽不停地跺着脚，抱怨男友只顾自己打麻将而不来接自己。小小听了，也不由想起了刘纯一，他在另一家厂里上夜班，现在也该下班了，他平时戴着近视眼镜，所以下雨天是从不穿雨披的，此刻不知他是否带了雨伞。

又有一个人影飞快地前来躲雨，借着闪电，小小见是一位留着八字须的男青年。那人擦擦额头上的雨水，嘴里咒骂着天，扭头望望身边两位躲雨的女孩，忽然咧嘴一笑，凑过来说：“两位小姐忘了回家的路？”

小小闻到了一股酒味，她往丽丽身边缩了一下。丽丽胆大，与小小调了个位置，对着那人说："你想干什么？"

那人油嘴滑舌地说："你说我想干什么？要不要我送两位小姐回家？"

小小见那人不怀好意，胆怯地对丽丽说："我们走。"

丽丽犹豫着说："还在打闪呢，再等一会儿吧。"

那人见小小软弱可欺，便又转到小小身边，说："小姐想回家是吗？不要怕，我送你回家好不好呀？"

小小忽然尖叫一声，原来那人借着酒劲撩起小小的雨披想钻进去，丽丽见状气极了，把那人推了个趔趄，挡在他面前说："你干什么？你再这样我喊人了！"

那人却嬉皮笑脸地说："这深更半夜的，你喊吧，再大声点，看有没有人出来多管闲事。"

恰在此时，远处响起一个声音："丽丽——！"

丽丽听了大喜，对小小说："是大强，他来接我了！"

果然是丽丽的男友，他赶过来对丽丽说："大老远的就听见你要喊人，出什么事了吗？"

那人一看丽丽的男友壮壮实实的，比自己高出一头，先怕了几分，忙找个借口顺坡下驴："妈的，这雨止不了。"便冒雨而去。

三人又等了片刻才回家，虽然偶尔闪几下电，但小小一点也不觉得怕了，因为身边有丽丽的男友在。

小小的家比丽丽家近，终于到家了，小小望着丽丽依偎在她男友的肩头渐渐远去，这一刻，小小忽然冒出一个念头，要是自己的他也像丽丽男友那样高大，那该有多好？

刘纯一也是刚刚到家，小小就无端地生出些许遗憾来，因而话也少了许多。刘纯一也明显感觉到了小小的变化，他知道女孩善变，但他是个内向的小伙子，不会油嘴滑舌地哄女孩开心，于是只好小心翼翼地陪伴着小小。

双休日，刘纯一和小小去爬山。山不高，是座荒山，很僻静，平常没人上去，每到双休日才有成双成对的伴侣去山上玩。那天风很大，又是阴天，所以山上没人，他与小小来到山顶上，两人话不多，各自站在那儿四处望了一会儿，小小感到索然无味，便想回家，刘纯一顺从地点点头说："那我们回家。"

下到半坡，忽然发现不远处有两个男青年纠缠着一个姑娘，那姑娘挣脱不了，正想高喊。刚好刘纯一与小小下来，小小一见这情景，吓得直往他怀里钻，刘纯一一边安慰小小，一边朝那边大喊一声："住手！你们想干什么？"

两青年转过头来，见是一对恋人，便说："你小子少管闲事。"

刘纯一听了这话，握着拳头就冲了过去，那两人也围上来，三人扭打在了一起。那姑娘乘机脱身往山下奔跑，一边还大声呼救。小小看见刘纯一被两青年打倒在地，他们毕竟害怕，也转身匆匆忙忙地往另一方向逃去。

小小赶过去扶起他，忽然惊叫道："啊呀，你额头上流血了！"

刘纯一拍打着身上的灰尘说："不要紧的，那姑娘走了吧？"

小小点点头，摸出手帕给他擦血，刘纯一握住了小小的手，说："没事没事，刚才着地时碰的。"

小小抽回手，脸红红的，眼睛一热，就涌出两颗泪花。刘纯一像个做错事的孩子一样，笨拙地搓着手。小小见他那样就笑了，小小笑起来的样子很清纯，眼睛里那两颗泪花在阳光下一闪一闪的，然后小小温情脉脉地伸出两条白藕般的胳膊大大方方地勾住刘纯一的脖子。就在这一刻，小小忽然发现，刘纯一是个有责任心的男人，可以放心地把自己的终身交付给他，当危险来临的时候，他会用自己瘦弱的身躯来保护自己。

于是，小小觉得武侠小说里描写的毕竟是虚构的，而生活中涌现的英雄人物，其实并非身材魁梧、武功卓绝，他们平凡而朴实，就如眼前的他一样。

刊广东《湛江文学》2005年12期

鹦鹉学舌

双休日下午，张山从朋友李四那里拎着一个鸟笼回到家，把鸟笼轻轻放在桌子上，掀开黑布，刚想叫唤老婆，就在这时候，笼中的鹦鹉说话了："环境变了，环境变了。"

张山的母亲从卧室里一露头，鹦鹉又说了："老板娘换了，老板娘换了。"

张山的母亲一听就乐了，对张山说："嘿，这机灵的家伙，哪弄的？"

张山得意地说："一位朋友托付的，先玩上几天。"

张山的老婆曼虹听到说话声，趿着鞋抱着喇叭狗也来到客厅，鹦鹉看了她一眼，说："小姐也换了，小姐也换了。"

这话说得张山和他母亲哈哈大笑起来。

曼虹不乐意了，冲张山说："从哪个脏地方弄来的？"

张山说："特意借的，你不是喜欢宠物吗？"

曼虹说："满口脏话，谁喜欢这东西。"

他们正说着，张山的父亲从外面回来了。鹦鹉一见他，立即说了一句："老嫖客没变，老嫖客没变。"

这回没人笑了，张山的母亲扭头问张山："我没听错吧？它刚才说什么来着？"

张山张张嘴，答不上来。张山的父亲铁青着脸，扫一眼众人，问道："它不是说我吧？"

张山搓着手还没回答，却见张山的母亲冲上前一把扯住张山的父亲，说："好啊，你去那种地方！你有出息了，竟然去那种地方！"

张山的父亲说："放手！你干什么？它说的话你也信？"

张山的母亲说："别人说的我可以不信，但它不会说假话！"

于是张山的父亲和张山的母亲拉拉扯扯地搅在一起，这回张山也没辙了。

这该死的坏东西，怎么嘴里吐出来的全是这样的话？

张山说："行了，你们……"

他的话还没说完，便被曼虹"啪"地打了一记耳光。

张山捂着脸说："你打我干什么？"

曼虹说："都是你惹的祸！"

这时候鹦鹉又开口了，"白玩？打！打！"

这无疑是火上浇油，曼虹听了这话更来气了，一把扭住张山说："不怪你怪谁？你说！这东西从哪弄来的？"

张山委屈地说："是李四的发廊里的，谁想到这家伙满口脏话。"

这边小两口扭在一起，那边的老两口就住了手。

张山的母亲说："是要怪你，发廊里有哪样东西是干净的？"

张山的父亲接口说："就是，你放开曼虹！"

曼虹在某局工作，平常工资比他多，所以在家中张山一向比他老婆矮一截儿。

张山的母亲又说："放手放手！曼虹可没有对不起你的地方。"

张山一想是这个理，他老婆对他还是蛮不错的，嫁给他两年了，自己家境一般，所以至今还与他父母住在一起，如今婆媳关系是最难处理了，可他家还算融洽，家和万事兴，瞅瞅这两年的生活质量，那真是芝麻开花节节高呀。

张山的父亲听了张山母亲的话，说："我也没有对不起你的地方，这坏东西怎么偏偏认准了我？尽往我头上拉屎！"

曼虹说："爸，也许它是认错了人。"

张山听了这话，蓦地想起了一个人，就是他叔叔，跟他父亲长得极像，有一回去李四的发廊还真碰上了他叔叔。

张山的叔叔是一个工地的小老板。于是张山便明白了一切。

好不容易解释清楚，已是华灯初上，鹦鹉早就嚷嚷开了："饿！我饿！"

"这句才像人话。"张山的母亲指着鹦鹉说："饿你一夜，谁叫你尽说胡话！"

张山和曼虹附和着说："对，饿它一夜，看它还讲不讲脏话。"

但张山的父亲却余怒未消，这坏东西偏偏认准了我，太不像话了，他越想越来气，一把抓住鸟笼就扔在了地上，只听见"啪哒"一声，鸟笼摔破了，鹦鹉惊恐万状地钻出鸟笼，望着众人叫道："世上没好人！世上没好人！……"

刊山东《新晨报》2011 年 10 月 10 日

有人敲门

李红的母亲李霞因车祸而亡，丧事全靠凤鸣中学的领导和教师们操办，李红才二十四岁，还未处男朋友。父亲在她四岁时就病故，所以李红随母姓，前年大学毕业留在了北方工作，在凤鸣市也没有亲戚，没上大学前她与母亲就住在中学宿舍里，李霞是凤鸣中学的数学教师。这几天李红一直处于悲痛之中，怎么也想不到才五十岁的母亲就这样匆匆走了。

这天，李红强打精神，想料理一下后事，以便把房子退还给学校，她在北方工作，很难调回来，李红望着半屋子的书籍，还有床、箱子、沙发以及瓶瓶罐罐等杂物，一时不知所措无从着手。

恰这时有人敲门，打开一看，原来是中学时的同桌张敏，还有一个他不认识的小伙子。张敏赶紧介绍道："他叫赵文，上学时比我们高一届，他说你一定会找人帮忙，所以找到我，让我带他 起来看看有没有需要帮忙的地方。"

李红迷惑地望一眼赵文，说："你们来真是太好了，我是想找人帮忙，把这些家具，还有书籍统统处理掉，把房子退还给学校。"

"不要客气。"赵文搓着双手说："你尽管吩咐好了，重活脏活由我一人包了。"

李红打算把母亲留下的书籍全部赠送给学校图书室，赵文点点头，对张敏说："让我来把书整理一下，你陪李红好好聊聊，她回北方后再相逢的机会就少了。"

张敏无限感伤地点点头，拉住李红的手就去了另一间房。

赵文干净利落地把书籍整理好，用绳子捆住，全部送到了图书室，然后借了一辆三轮车，把沙发、箱子、柜子等家具拉到了旧货市场处理掉。

第二天又收拾了一上午，该扔的扔掉，该卖的卖掉。屋子渐渐空了，但李红发现赵文紧锁双眉，一副心事重重的样子，李红感到奇怪极了，私下里问张敏，赵文是不是她男朋友？张敏听了把头摇得像拨浪鼓，脸红红地说自己早有男朋友了。

下午从“太子楼”出来，张敏喝多了酒，李红替她叫了一辆三轮车，让她先回家休息。

赵文跟着李红来到家，用疑惑的眼神望一下李红准备带回去的旅行包，随口问道：“你从不写信给你母亲？”

李红一怔，回答道：“我都带走了。”

“那你母亲以前的书信呢？”赵文刚说出口，又马上嗫嚅地说：“我是说，以前的信，该烧的还是烧掉好。”

李红听了这话，望一眼赵文，突然间像明白了什么似的，从旅行包里捧出一个小匣子说：“我妈妈以前所有的书信都在这里了。”

赵文两眼渐渐放光，一把夺过小匣子说：“我帮你去烧了。”说完转身就跑下楼去。

李红望着赵文急匆匆的背影，摇摇头，两行泪就掉了下来，她终于知道赵文是为了一枚实寄封而来的。

那是一九六八年，二十二岁的李霞与赵伟相爱相恋，那年十一月赵伟有事去山西舅舅家，寄给李霞一封信，信上所贴的邮票就是后来称之为“全国山河一片红”的未发行的邮票，一年后李霞与赵伟因故分手，又各自组成了家庭。不用说，赵伟就是赵文的父亲，李红是从她母亲李霞那儿知道这件事的。而赵文则是从他父亲遗留下的日记中发现了这个秘密，几经周折，才查找到李霞，刚巧李霞遇车祸，赵文就利用这个机会非常热心地来帮助李红，想从中找到那枚实寄封。

赵文捧着小匣子异常兴奋，心里一个劲儿地想：找到了，终于找到了！这两天的苦力没有白费，那枚“一片红”实寄封拍卖价超过十万元。喜滋滋的赵文由于走得又快又急，半路上不慎摔了一跤，小匣子也掉到地上碎了，里面竟然空无一物，赵文大惊失色，连忙折回去。

但李红的家门已经上了锁，赵文找到学校总务室，一个老人笑眯眯地叫住他：“你就是赵文吧？李红临走时有一封信让我转交给你。”

赵文急忙撕开信封，抽出一看，脸色霎时发白，那是一张李霞留下的字条，上面盖有好几个公章，李霞委托卖行将“一片红”实寄封拍卖，所得款均捐赠给“希望工程”。

刊黑龙江《青年文学家》1997 年 7 期

虞美人

岳老师并不喜欢花花草草，去年一位画画的学生送给他一包花籽，他随手扔在了后院里，没想到今年真的长出了许多幼苗。于是每天晚上多了一项事情，就是给它们浇水，看着幼苗一天天成长，岳老师深感欣慰，种花的乐趣原来不在于开花结果，而在于成长的过程。

现在终于开花了，花儿红红的一片灿烂，岳老师正出神地看着鲜艳无比的花，这时对面的窗户打开了，是邻居老顾，他探出头来说："岳老师，你这是什么花呀？"

岳老师哈哈一笑，说："我也不知道什么花，是一位学生送的籽。"

老顾盯着花看了一会儿，说："岳老师，你真的不知道这是什么花吗？"

岳老师点点头，虚心地问道："我真的不知道，老顾，这花……"

老顾说："岳老师，不瞒你说，这花弄不好会出事的。"说罢，老顾扭头望望四周，然后关了窗户。

难道是……岳老师心中一凛，赶紧回屋拿了把镢头想把这些花全部铲除掉，老伴儿却追出来说："你疯了？好不容易开花了，你却要毁了它。"

"你知道什么?！顾老师说这花留不得，会出事的。"

老伴儿说："这花籽不是你的一位学生送的吗？会出什么事？"

一句话提醒了岳老师，对呀，明天打电话问问这位学生，这到底是什么花。

没想到第二天晚上，罗阿姨来了，她是居委会主任，虽然与岳老师的老伴儿每天早晨都在公园里打太极拳，可从不串门的，一定是有什么事吧？

果然，罗阿姨一进门就说："岳老师，听说你种的花十分鲜艳，我今天也来欣赏欣赏。"

岳老师已经打电话问过学生了，因此也不紧张，引着罗阿姨来到后院，一边说："罗阿姨，我这花很普通，说到观赏，确实是值得一看的。"

对面的老顾听到说话声，打开窗说："是罗阿姨啊，哪阵风把您给吹来了？”

罗阿姨仔细地看了看花，还凑过脸去嗅了嗅花，说：“岳老师，你别介意，我是听人家反映说你这花有问题才打算过来看看的，你这花确实鲜艳，不过，我听说越是鲜艳的花越是有毒，你是中学老师，见识自然是比我们多，也一定听说过这句话吧？”

岳老师小心翼翼地回答道：“罗阿姨你放心好了，这花名叫虞美人，花籽是我一位画画的学生送的。”

这时老顾插话道：“岳老师啊，虞美人其实就是罂粟，你这中学老师是真不知道还是假装糊涂？”

听了这话，岳老师大吃一惊，连忙说：“这、这我还真的不知道，我马上拔了。”说罢回屋拿了镢头，一口气就把花全部铲除掉了。

几天后，岳老师执教的课文中正巧有一篇与罂粟有关联，于是岳老师临场发挥把虞美人就是罂粟跟学生们讲解了一番。

放学后回到家，蓦地发现桌子上放着一盆花，凑近一看，这不是前几天铲掉的罂粟吗？岳老师捧起花盆就往地上狠狠摔去，这时老伴儿与女儿红红来了，红红惊叫了一声，说：“爸，你为什么把这么美的花砸了？”

原来这花是红红带来的，她在外地工作，今天下午才到家。

岳老师说：“这、这是罂粟花，不能种的。”

“谁说的？”红红奇怪地望着父亲，说，“爸，这花是虞美人呀！”

岳老师说：“我知道，虞美人不就是罂粟花？”

红红说：“爸，你弄错了，虽然虞美人跟罂粟极其相似，在植物分类上均为罂粟科罂粟属，但这两种花绝不是同一种花，我同事家中都种着。”

是吗？岳老师心中释然，他懊恼地望着破碎的花盆和折断的虞美人，转身出了门。岳老师急匆匆地去花鸟市场，心想赶在市场关门前买盆虞美人，明天就带着这盆花去学校，给他的学生好好解释一番，决不能误人子弟。

经过这番风波，岳老师觉得自己真是枉为人师，连虞美人和罂粟都分不清，看来生活处处都有学问呢。

刊湖北省阳新县《富川》2009 年第 1 期

大雪纷飞

下雪了，鹅毛般的雪纷纷扬扬。

早晨起来，大地白茫茫一片。

小雪望着窗外的雪，轻轻叹口气。

走出房间，她看见父亲正在做早饭。

父亲说：“娃，难得星期天放学回家，不多睡会儿？”

小雪对父亲说：“爸，我没事。”

父亲盛一碗热腾腾的粥放在桌上，说：“娃，快洗个脸吃早饭。”

小雪说：“好的，爸。”

父亲瘸了一条腿，那是去年，也是冬天的时候，父亲去县城给小雪送粮食，回来的时候从山上摔下来，从此落下了残疾。

小雪洗漱完，看见父亲正吃力地把一袋谷子往自己肩上扛，小雪赶过去扶住父亲，说：“爸，还是吃了早饭再去吧。”

父亲说："这雪下起来没完没了，也不知老郑头还磨不磨谷子。"

父亲坚持着，扛着谷子出了门，小雪拦也拦不住。

小雪只好对父亲说："爸，路上滑，小心点。"

这学期小雪上高二了，学习任务更紧张，平时就住在学校的宿舍里，小雪知道自己家的处境，所以星期天也不出去逛街。她每个月回家一次，从县城乘公交车到镇上需要一个多小时，然后再走十几公里的山路才能到家。返校的时候，父亲就会扛一袋米送她到镇上，自从去县城上高中后，父亲每两个月都会送米去学校，一袋米差不多有六十多斤，从家里走到县城，就靠一双大脚板，走四个多小时，把米送到学校的食堂，可以换成饭票。小雪班级里有一半的同学来自偏远的乡村，都是用米换饭票的方式。

去年，父亲摔坏腿后，小雪不让父亲送米了，父亲说："那我就去镇上坐公交车。"

小雪执意不肯，小雪说："爸，我自己带米去学校吧。"

父亲摇摇头，说："娃，你正是长身体的时候，累坏了可不行。"

小雪说："爸，我行的，我每个月回来一次，就带三十斤。"

小雪怕父亲不信，特意用袋子装了三十斤米，往自己肩上扛，还走了几步，父亲说："快放下吧，我的娃长大了，依你就是。"

从此后，父亲扛着米送小雪去镇上，让小雪带着三十斤米乘公交车去县城的学校。

小雪吃完早饭，拿出课文预习，这时候父亲回来了，浑身沾满雪花，像个雪人似的，小雪赶紧拿毛巾替父亲掸身上的雪。

父亲放下米袋，嘴里喷着热气，说："好大的雪呵！"

小雪想起父亲还没吃早饭，就说："爸，我去把粥热一下。"

父亲说："别忙了，娃，你去屋里看书，等会儿吃午饭我叫你，吃完午饭赶紧回学校，晚一点可能公交车都不开了。”

小雪一愣，说：“不会吧？”

父亲说：“你忘了？前年的那场大雪，听说镇上的公交车停了三天。”

小雪点点头，说：“那就早点回学校。”

吃过午饭，父亲从隔壁陈大伯家借了头小毛驴，把三十斤米驮在毛驴背上，父亲说：“娃，还是早点出发吧。”

父亲穿着雨衣牵着毛驴，一瘸一拐地往镇上的方向赶去。小雪撑着伞背着书包，跟在毛驴后面。

由于下雪的缘故，路上行人不多，而积雪很厚，山路又不好走，十几里路走了三个多小时。

到达小镇车站，小雪看到公交车上已经坐了一半的乘客，小雪的心终于放了下来。

父亲把米搬上车，然后从口袋里掏出两张皱巴巴的百元大钞交给小雪，小雪说：“爸，上回你给我的还没用完。”

父亲硬是把钱塞进小雪的手里，说：“娃，一个人在外读书，要自己照顾好自己，千万别饿着冻着了。”

小雪心里一热，说：“爸，我知道了，你快回去吧。”

父亲走下车，又回身朝小雪挥挥手。

这一刻，小雪的泪不知不觉地落下来。

小时候，小雪喜欢与伙伴们在雪地上玩耍、奔跑，长大后，小雪从隔壁的陈婶那里知道，父亲是在一个大雪纷飞的夜晚，从村后的雪野里拣到自己的。

小雪打开车窗，看到父亲牵着毛驴，一瘸一拐的背影渐离渐远。

刊广东东莞《美塑》总第 17 期（2014 年 3 期）

午后阳光

繁华喧嚣的大街上，人流熙熙攘攘，太阳明晃晃地照在马路上，反射出一种使人昏昏欲睡的光芒。缪昱在拥挤的人群中磨磨蹭蹭地低头穿越，周围是一片热闹而沸腾的景象，刹车声、音乐声此起彼伏一浪高过一浪，唯有缪昱一副茫茫然然的样子，显得悠闲而又百无聊赖。

缪昱已经下岗半年了，他无论如何也想不明白，自己大学毕业进单位工作，还不到四年就遇上了下岗。他原本心高气傲，又羞于进劳务市场，于是只好每天像一只无头苍蝇似的四处乱窜，结果可想而知。他妻子李红已有了五个月的身孕，跟他是一个大学毕业的，被分在某个公司，据说也是岌岌可危朝不保夕，但工作反而更忙，最近连中饭也不能回家吃。

缪昱下岗后的这段日子，过得真是窝囊又狼狈，尽管李红能够理解他，从没埋怨过他什么。缪昱沉着头走在午后的阳光下，心中却在寻思着，要不要去安丽家？今天是她生日。安丽是他小学同学，人长得挺漂亮，初中毕业进厂工作，后来嫁了个大款老公，日子过得养尊处优。那天偶遇，缪昱简直不敢相认，倒是安丽一下子就叫出了他的名字，然后两人去咖啡厅坐下来聊了一会儿，各自说起了目前的生活，缪昱含糊地说自己仍在一个不景气的单位工作。临别时，安丽告诉他过几天将是自己的生日，希望他那天中午能来，还说会有许多老同学来参加，大家聚一聚，晚上则是家人为她举办的生日宴会。缪昱点头答应了，望着安丽依然袅袅婷婷的背影，他感慨不已，人与人真是不能相比。

路过一家鲜花店，缪昱心中一动，看看表已是十一时四十分了，他想了想，终于下决心买了一束鲜花，然后来到安丽家。

安丽开门见了他，惊喜地说："怎么到现在才来？"

缪昱迟疑了一下，回答道："单位工作忙，对不起，我来迟了。"

"快进来。"安丽接过花，兴高采烈的脸上浮起一片红晕，说："你能来我已很高兴了，还破费买什么花。"

缪昱进入大厅，不禁一愣，宽敞的大厅空无一人，桌上却如风卷残云，杯盘狼藉，残羹冷炙流了一地。

安丽解释道："都去对面的白玫瑰舞厅跳舞了，我包了一天。"

缪昱疑惑地说："那你这主角怎么没去？"

"还有三位同学没来，现在你来了，还有两位。"安丽从冰箱里拿出几罐饮料递给他，又说："你坐呀，站着干吗。"

缪昱忐忑不安地坐在沙发上，望一眼桌上，说："这样吧，我帮你收拾一下。"

"不用了，我叫了钟点工。"话音未落，门铃就响了，安丽说："瞧，准是她来了。"

缪昱打开饮料，刚喝了一口，猛地瞧见了大门外的钟点工，手一抖，饮料罐"当啷"一声掉在了地上，那人竟是妻子李红。

第二天，缪昱就去了劳务市场。

刊湖南《文艺生活》2001年1期

缘分的天空

晓玉是个文静的女孩，如花的年龄，自然不乏追求者，可她看惯了都市红尘中许许多多婚姻从恩爱走向破碎，于是她想，现代爱情就如假面舞会，当一曲终了，人们撕下面具，然后就各奔东西。所以文静的晓玉在对待爱情上，自然有着自己的见解，一切皆随缘，缘分来了推也推不掉，所谓有缘千里来相会，无缘对面不识君。

双休日，晓玉约了几个知心女友去水乡青镇玩。青镇已有千年历史了，如今镇政府搞旅游开发，使远离喧嚣的古镇重新焕发出了古色古香的韵味。淅淅沥沥的雨似乎与水乡有着不解之缘，走在青石板铺就的街面上，晓玉撑着一把伞，悠悠地走，听雨点洒落在青石板上发出的叮咚声，感觉到了一丝宁静和安逸。她们叽叽喳喳地走上一座石桥，仰目四望，只见石桥连着长廊，圆柱顶着廊棚，廊棚牵着人家，对岸临水是错落有致的水阁。晓玉站在一块凸起的石岸上，看到忘情处，脚下一滑，身体的重心倾向外边，“扑通”一声栽到了河里，几位女友见晓玉落水了，不由一齐惊呼起来：“不好了！有人落水了！快来人啊！”听到叫声，马上跑来一位青年，见此情景，他毫不犹豫地跳下河中，把晓玉有惊无险地救了上来。尽管不是冬天，可在这秋风秋雨的时节里，晓玉还是着了凉，先是感冒，后是发烧，整整一星期才去上班。

上班后晓玉第一件事就是寻找那天救她上来的青年，可女友们都说，那天慌了手脚，那青年什么时候走的谁也不知道。晓玉挺失望，他下河救自己上来，可自己却对他一无所知，他一定是青镇人。于是，趁双休日，晓玉又独自去了青镇，徘徊在小桥流水的石岸边，希望能邂逅他，可人海茫茫，众里寻他千百度，那人却在何方？自此，文静又内向的晓玉有了心事。

不知不觉中春天来了，几位女友都相继有了男朋友，他们相依相偎着去踏青，晓玉可不想当“电灯泡”。她只好独自一人漫步在街头，忽然想起很久没有看电影了，于是买了张票，可影院门口却挤满了人，不知发生了什么事，一会儿，终于见到两个民警押着一位青年从门里出来了，晓玉被眼前发生的一切惊呆了，那青年正是让她梦里寻他千百回的救命恩人，怎么会这样？她傻眼了，心里像打翻了一只五味瓶似的，用手捂住脸逃回了家……

这天晚上，她整宿无眠，一闭上眼睛，就会出现一个奋不顾身、下水救人的英雄形象，天亮时，她终于决定去找他。

从派出所出来，晓玉知道了一切：他在机械厂工作，因失恋去饭店酗酒，醉后无故伤害了一位就餐顾客。

在看守所里，晓玉见到了他。

他很感动，对晓玉说：“谢谢你还记得我，来这里看我。”

临走时，晓玉对他说：“我们都还年轻，希望你振作起来。以后的路还很长很长。”

那晚，晓玉做了个梦，梦中露出了甜美的微笑。

刊湖北《小小说经典》2002 年 4 期

第三辑

爱情公寓

栀子花开

那一年，临近新年，村民们忙着打年糕、杀年猪，到处洋溢着浓浓的年味。

他却一个人出了门，往村口走去。耳边还回响着舅舅的声音："你别走远了，等会儿你妈妈就要来接你回去。"

阳光明媚，他深深地吸了一口气，这个山脚下的村庄，已有三年多没来。这里是他舅舅家。放寒假后，母亲就逼着他去舅舅家，说让他辅导三年级的表弟，其实他知道，母亲是想管住他的脚。自从上高中后，他变得贪玩了，成绩一直倒退，每天放学回家，就有同学来找他，不是踢足球就是滑滑轮，偶尔还会去网吧。

山村的静谧与城市的喧嚣形成了鲜明的对比，刚来时，他对一切都充满了好奇，上午辅导表弟做作业，下午就一个人去山里转悠。那天他在村口遇上她。他竟然还依稀记得，小时候，在舅舅家曾见过她。那时候的她，脸晒得黝黑，梳着两条小辫子，整天跟着一群男孩子玩耍。而如今的她，亭亭玉立，白皙的脸颊上泛着羞涩的笑。她跟他一样，下学期参加高考。

她对他说："我要走出大山，去远方。"

他问道："你最想去的地方是哪里？"

“北京。”她望着远方，加重声调说：“就去北京！”

她那坚毅的目光，和充满自信的神情，让他突然之间有了一种心动的感觉。

第二天，他向舅母打听，舅母叹口气说：“你说林兰啊？是个苦命的孩子，她母亲常年吃药，父亲外出打工，家里的事都是她打理，还要照顾十岁的弟弟，尽管这样，她的学习成绩却一直保持在前三名，那年中考还是全县第一名。”

随后的几天里，他都会在村口等她。上午她在家里忙碌，下午她会背着竹筐去山上打猪草。他跟着她上山，默默地帮她割草。

当他急切地来到村口，发现她已等在那里。昨天告诉她的，他要回家了。

村口有两棵三米多高的树，在他印象中，小时候就见过，只要远远看到那两棵树，就知道快到舅舅家了。只是，他一直不知道这是什么树，她笑着告诉他：“这树叫栀子树。”

他问：“栀子树会开花吗？”

“当然，栀子花香味特浓，很远就能闻到。”她说：“当栀子花开的时候，也正是高考的时候。”

分别时，他鼓起勇气，把写有自己住址的小纸条递给她，她说：“下个学期，我们都参加高考。”她伸出手：“我们北大见。”

犹豫了一下，他还是握住她纤细的手，说：“好，一言为定。”

回到小城后，他把足球和滑轮车都送给了同学，重新拿起了课本。

他的目光，仿佛深沉了，他的心地，变得宽容了。因为，他的心中向往一个地方，那就是北大！

初夏来临，他收到了她的信，拆开，是她画的一幅画《栀子花开》，上面是两株栀子树，白色的栀子花已经盛开。还附有一张纸条，她写了两句话："我已经准备好了。你准备好了吗？"

她的来信无疑给他增添了斗志和勇气。忙于备考的他，每晚自修到深夜，也就没有给她回信。他暗暗蓄着劲：一定要一同走进北大。

终于，他等来了北大录取的通知书，便迫不及待地打电话给舅母，然后问起她的情况，舅母沉默了，好一会儿才说："忘了她吧。"说完就挂断了电话。

第二天，他迫不及待地去邻省的舅舅家，却得到一个不幸的消息。舅母告诉他，春节过后不久，她被查出得了急性白血病，虽然入院治疗，但她依然没能等到高考……

许多年后，她画的《栀子花开》被装入镜框，挂在他的书房里。

有一次，他妻子打扫书房，无意中发现，画的右下角写着"林兰"两个字，便问他林兰是谁？妻子是他北大的学妹。他望着画，缓缓说道："我们那里，栀子花的别称就叫林兰。"

夜深人静的时候，当他抬起头来，就会看见她的画：枝丫上，一朵朵白色的栀子花盛开着。于是，他感觉整个书房都充满了馥郁甜香的味道。

刊《华东文学》2017 年冬季刊

选入《2017 中国年度作品·微型小说》(现代出版社 2018 年 3 月)

风铃

难得有空，他独自出来走走。

小城的夜晚，灯光璀璨。广场上，许多老人在跳广场舞。他看了一会儿，就看到了她。她也是独自一人，手里还拿着一本书。一个溜冰的小青年飞快地过来，她往边上一让，书掉在地上。他替她捡起来，是老舍的《茶馆》。

他说，这本书好，我看过。她说，谢谢，你也喜欢看书？他点点头，说，如今这年头，看书的人少了。

她说，人人都忙着挣钱，没时间看书了。他望望她，说，难道你已经工作了？

她说，什么呀?！我都工作两年了。他说，呵呵，还真看不出来，我以为你还在上学。她低下头，说，没考上大学，就只好出来打工了。他说，我也没考上，其实考上了又能怎样？毕业后还不是一样出来打工？她笑笑，说，也对。

其实，他考上了，但没去上大学，因为家里穷。他说，早点工作也好，等攒了钱，在城里买房，跟城里人一样。她说，有梦想总是美好的。他说，会实现的。她说，对，我回去了，再见。他说，好，再见。

她缓缓而去，走了一会儿，发现他一直不紧不慢地跟在后面。她站住脚，说，你跟着我干什么？他说，没跟你，我回家呀。

于是，她又走，走着走着，他还跟着。她就故意放慢脚步。他超越她，说，我这样跟着你，你就不害怕？她说，不怕。他说，为什么？她笑着说，你不像坏人。

这句话，让他很感动。她指着前面的电线杆说，我家就在那儿。

这是条老街，参差不齐的石板路，两旁是木结构房子，一楼一底。本地人都搬了新居，老房子出租给外来打工者。老街尽头是工业园区。

他说，我也住这儿，在前面拐个弯就到了。她有些不相信，说，这条街上的人我都认识，但好像是第一次见你。他说，我跟我堂哥合租，上个星期刚来，以前在省城的总公司。她说，难怪不认识你。他说，现在认识也不晚啊。她呵呵一笑。

几天后，他想送点纪念品给她，送什么好呢？想来想去，他就买了一串风铃，悄悄挂在她家的屋檐下。微风吹来，叮咚叮咚，悦耳动听。

公司里很忙，他是技工，每天工作十二个小时，隔天是夜班。她厂里也是十二小时工作制，班次正好跟他相反。等忙完了这阵，他又被抽到省城的总公司工作。

一晃，三个月过去了。他鼓起勇气，打电话给堂哥，让他抽空去找她，要个手机号码，或者加微信。第二天，堂哥告诉他，说她上个月已经嫁人了。

再次回到小城，已是第二年的春天。他放下行李就出了门，还是那条冷冷清清的街，空无一人。她家的屋檐下，那串风铃还挂着。一阵微风吹过，叮咚叮咚，风铃响了。他怅然若失，那个爱看书的女孩去了哪儿？就在此时，“吱呀”一声，门开了，竟是她！

蓦地见到他，她有些惊喜，说，你回来了？他一愣，说，你、你不是嫁人了吗？

她说，什么呀？！出嫁的是我姐姐。听了这话，他有些激动，说，我以为再也见不到你了。她嫣然一笑，说，我不是好好的吗？他说，一直忘了问你，喜欢这风铃吗？她红着脸，轻声说，喜欢。

你听，叮咚叮咚，风铃在响，心儿在跳。

呵，阳光明媚，这个春天真好！

刊嘉兴《南湖晚报》“如果爱”副刊 2018 年 7 月 13 日

青色的春天

他喜欢画画，房间里贴满了自己创作的油画。

一个爱写诗的女孩闯入了他的天地。

相爱的季节诗情画意。

有一天，他对她说，我要创作一幅伟大的画，你配诗如何？

她点点头，相信他能成功。

他说，就画春天，题目我也想好了，就叫《春天的感觉》。

第二天，他画好了。

她也写好了诗。

画上有叫不出名的花、树、草，还有小河。

她就托着下巴，很凝重地看画。

他就看她写的诗。

她说，河水怎么是蓝色的？

他说，不对不对，你的诗瞎写。

她说，我怎么瞎写？

他说，春天了，河水的绿太俗，应该是蓝色。

她争辩道，春天当然是绿色的，蓝色太冷，绿色舒服。

他说，蓝色好。

她说，你真固执。

他说，你才固执，你懂不懂画？

她说，你懂不懂诗？

他火了，从她手中夺过画，一撕为二，然后扔在地上。

她把那首诗揉作一团，也扔在地上。

她说，绿色绿色，就是绿色。

他又用力踩一下地上的画，说，呸！什么诗情画意。

她也呸了一声，说，才怪！

说完，她噔噔噔地走了。

后来，他不再画画了，与另一位女孩结婚了。

她也不再写诗，嫁给了一位男孩。

若干年后。

有一天，他带着女儿来到郊外。

春天来了，草绿了，花开了，他望着田野，生发出一阵感慨。

他想给女儿讲一个故事，一个以前的春天的故事。

一转身，发现女儿不见了。

女儿正在不远处的河边与一位小男孩争执。

他忙跑过去。

女儿说，爸爸，这河水是不是绿色的？

小男孩说，不对，是蓝色的。

女儿说，你不对，春天是绿色的，河水也当然是绿色的。

小男孩转身把他妈妈叫过来。

他愣住了，就是以前爱写诗的她。

她依然神采飞扬，只是，丰满了许多。

她见了他，也愣住了。还是以前的他，而且，成熟了许多。

小男孩说，妈妈，妈妈，这河水是不是蓝色的？

女儿也说，爸爸，是绿色，对吗？

他和她望了望河水，然后互相望了一下，几乎同时说，青色。

他说，许久没见，你好吗？

她说，很好，你呢？

他笑笑，说，也好。你还在写诗？

她摇摇头，说，早不写了。你呢，还在画画？

他说，不画了，没时间。

这时，两个小孩手拉着手，走向田野。

他对女儿说，佳佳，小心点。

她对儿子说，伟伟，慢点儿。

他忽然间觉得，生活原来就充满了诗情画意。

她也想，春天真好！以前怎么没发现呢？

刊河北《小小说月报》1994 年 6 期

刊嘉兴《南湖晚报》“如果爱” 副刊 2021 年 4 月 9 日

离别

他俩是同学，花前月下，曾经海誓山盟，但毕业后他出国留学了。

从此鸿雁传书，诉不尽的相思。

她知道，总有一天，他会回来的。

于是，她痴痴地等待。

整整八年，他终于回来了。

她如愿以偿，幸福地做了他的新娘。

亲朋好友都祝福他们：和和美美，白首偕老。

接着是女儿的出生。

生活是美好的，尽管偶有涟漪，甚至为了微不足道的小事而争吵，但他俩很快就会和好如初。

她常常迁就他，因为，他是家中的男人。

他也宠爱她，因为，她美丽而温柔。

阳光明媚的三月，他们漫步在小区的草坪上。

三岁的女儿在前面蹒跚着，忽然，女儿摔倒在地。

她见了，连忙奔过去。

他说："让她自己站起来！"

她犹豫了一会儿，他又说："让她知道，从哪摔倒，就从哪爬起来。"

女儿挣扎着，"哇"地哭了。

但最终，女儿还是自己爬了起来。

她心疼地搂住女儿，说："宝宝乖，宝宝不哭。"

他也搂住女儿说："乖女儿，好样的！就该自己站起来。"

后来又有许多次，女儿摔倒后都坚强地自己爬起来。

而他们则站在女儿身后看着。

渐渐地，这个小区的许多人都知道了他们，甚至其他小区也有人知道他们。

背后都说："瞧，女儿不是亲生的，所以摔倒了也不去拉一下。"

她听到了这样的议论，很苦恼，人也憔悴了。

他安慰她："让别人去说吧，走自己的路。"

话虽这么说，可他也有烦恼，多是来自单位。

国外留学八年，生活习性全盘西化，不会与同事大碗喝酒、高声划拳，同人吃饭是AA制，因此在单位里是孤立的，他开始怀念留学的日子。

不久，单位人事调动，他依然如故，而一些条件比他差的人都往上挪了职位。

他思索着，而她却像个小女人似的，在他耳边唠唠叨叨地说个没完没了。

他心烦，最终与她大吵了一架。

那晚，他很晚很晚才回来。

他后悔与她吵架，因为他仍然爱着她。

他决定走，带着她和女儿一起去国外。

她不懂外语，走出国门，就像聋哑人。

所以，她不想走。

但她知道，他在这里并不如意。

于是，她说："你走，我和女儿留下来，等你老了再回来，我等你。"

他握着她的手，泪水涟涟，久久说不出话……

刊山东《当代小说》2003年9期

青春就像一条河

骑着自行车，他去乡下看一位朋友，朋友却不在。

他只好打道回府，路过一个苗圃，他想，反正没什么事，就下了车，进去看花。正是百花盛开的春天，望着那些蓬蓬勃勃、茂茂盛盛的花草，他心情舒畅，一排排地看过去，于是，就看见了长发及腰的她。

站在她身旁，他朝她看了看，说："你也是来看花的？"

她羞涩地点点头，说："不可以吗？"

"其实，我也是来看花的。"他说："这苗圃不会是你的吧？"

她说："你看我像是种花的人？"

他说："像。花美，人更美。"

她的脸不由红了起来。

拐过弯，是一条小河。河流渐暖，岸边的杨柳抽出了柔嫩的枝条，随风飘荡。

她说："这个苗圃，你经常来吗？"

他说："我说是头一次来，你相信吗？"

听了这话，她呵呵笑了。

她说："我也是第一次来。"

他说："好啊，要不，明年春天，我们再相约，一起来看花？"

她不置可否。

他说："明年太久了，要不，今年秋天？"

过了很久，她说："行。"

多年以后，他们的孩子已经上小学了。

有一天，她对他说，想去第一次相遇的苗圃里看花。

他已经约了小颖，一起去省城看明星演唱会。但最终，他还是答应了她。

他开着车，一路无语。

她一直望着车窗外，桃花已经开了，红红艳艳，一片灿烂。

他却迷路了，七拐八拐，终于来到了苗圃。

下了车，他疑惑地说："是这儿，没错吧？"

她望望前后左右，说："不知道，好像是吧。"

一前一后，两人进了苗圃，姹紫嫣红的盆景群芳竞艳，芬芳馥郁。

拐过弯，两人不由自主地站住了脚，前面，是一片郁郁葱葱的桑林。

有位老人走过来。

他问道："以前，这儿是不是有条河？"

老人听了，同样瞪着一双吃惊的眼睛，说："没有河，以前就是这个样子的。"

"不会吧？"他说："我记得这儿是有条河的。"

"我家就住在东边，这里从没有河。"老人说："你要找的河，可能是桑林那边的河。"

走出苗圃时，他说："可能是走错了。"

她叹一声，自顾往前而去。

又是多年过去了。

有一天，他突然说："我们去苗圃看花吧？"

她正在洗碗，听了这话，说："好呀，多少年没去了？"

他说："三十多年吧？择日不如撞日，现在就去。"

她点点头，说："走。"

他开着车，在记忆深处寻找着路。这回竟然没有迷路。

春暖花开，还是那个苗圃。

拐过弯，是一条小河，两岸的杨柳随风飘荡。

他说："真奇怪耶，一切都没变，好像就在昨天一样。"

"是啊，这条小河也一样，清幽幽的。"说罢，她跑到一棵杨柳树下，说："给我拍一张。"

他说："好。"

他一边拍照，一边说："终于发现了不一样的地方。"

她说："什么？"

他说："你的头发，那年，你长发及腰，而现在你留了短发。"

她微微一笑，说："还说，你也换成了一头白发。"

他摸摸白发，也笑了。

春天真好！万丈阳光倾泻而下，暖暖的，在头顶、在心底弥漫。

刊嘉兴《烟雨楼》2019 年 4 期

爱情海

婚姻就像一条船，他们航行了一年，沿岸的风景早已熟视无睹。

有一天，男人和女人为了某个话题起了冲突，两人唇枪舌剑，谁也说不过谁。最后女人说："你以前不是这样的。"男人说："我也没想到，你是这样的人。"

女人感到委屈，说："我本来就是这样的人，你要是觉得我不好，我们分开好了。"男人听了这话，愣住了。原本好好的，怎么就闹成这样呢？男人只好默默地走出家门。

尽管生气，女人还是做好晚饭。男人却没回来，直接上夜班去了。

女人独自在家。想起男人，女人就焦躁、狐疑、恐惧。女人心情差到极点，无所事事中，女人打扫房间，整理衣柜。在抽屉深处，女人找到一盒拼图。女人记得，这是蜜月旅行时买的，图案上有"爱情海"三个字，蔚蓝的天空下是大海，一对情侣牵手漫步在沙滩上，远处是一座灯塔，还有一群海鸥翱翔。拼图买来后，男人和女人一起趴在床上拼接，但每次都半途而废，图案虽然并不复杂，有一千片，只要一片拼错了，整个图案就不完美了。

现在，女人拿出拼图，在桌上独自拼接起来。一片、一片……时间仿佛静止了，女人沉浸在"爱情海"的图案中，空白的地方渐渐被填补。女人像一个高明的修复师，把一幅支离破碎的图画复原。

当女人把手中最后一片接上时，女人惊呆了，竟然少了四片拼图！

一种不祥之兆涌上女人心头。女人气恼地把拼图打乱，又扔进了垃圾桶。

女人看一眼墙上的挂钟，已是早晨七点三十分，男人六点下班，却没回家。

女人心里五味杂陈。匆匆洗漱，女人打开门，蓦地发现男人就在大门外，地上丢了七八个烟蒂。

女人说："你一直在门外？"男人像个做错事的孩子，说："你有孕在身，我想让你多睡会儿。"

女人已有三个月的身孕。女人说:“你傻呀?有家不回,快进去休息,我去买菜。”

男人拥着女人进屋,说:“你又没吃早饭吧?不能空腹,你现在是两个人了,我马上给你做。”

男人手脚麻利地做好早餐,端给女人。

男人见到垃圾桶里的拼图,小心翼翼地拿出来,说:“你怎么把它扔了呢?”女人回答道:“太费神了,总也拼不完整。”男人说:“是啊,我们至今还没完整地拼完呢。”

女人张张嘴,最终没有告诉男人,这幅“爱情海”拼图少了四片。

男人又说:“当我们老了的时候,再拿出来一起拼接,一定会有许多美好的回忆。”

其实,男人早就知道“爱情海”拼图的秘密。结婚后,有一段时间男人没有找到工作,独自在家里,无聊的时候,把拼图拼完,才发现拼图少了四片。

“爱情海”是浪漫的,而生活除了浪漫外还会有风雨,就像拼图中缺失了几片,就看你如何去正确对待。

刊嘉兴《南湖晚报》“如果爱”副刊 2016 年 7 月 13 日

伴娘晓丽

今天晓丽是伴娘，她的好友欣欣出嫁。

她俩是同学，毕业后又一同进公司工作。

欣欣的父母都是公务员，家庭条件优裕，自然有些娇气，而晓丽来自郊区，两人性格不同，但既是同学又是同事，理所当然地成了闺中密友。

新郎张山家与晓丽家是邻村，中间隔了一条河，张山大学毕业后也在城市的一家外资企业工作。有一天晓丽回家里，母亲对她说："在公司遇到合适的对象就结婚吧。"

晓丽工作三年，年龄也不小了，二十四岁，同村的女孩到了这个年龄大多已经出嫁，晓丽听了这话就烦，找对象哪有这么容易呢？

母亲又说："对岸老张家的儿子也在城里工作，你知道不？"

晓丽说："就是小时候鼻涕总也擦不完的那个，好像叫张山吧。"

母亲一听乐了，说："对对，他母亲托人过来说，张山比你大两岁，也没对象。"

晓丽这下明白过来，母亲想让自己嫁给对岸的张山。

不久，张山果然找来了，晓丽住在公司的宿舍，如果是以往的话，张山来找晓丽，老乡见老乡，话题一定会很多，可母亲把话挑明了，晓丽就显得有些害羞。而张山来的目的张山自己也知道，所以两人见面就有些尴尬，张山是男孩，其实更应该主动一些，可张山却是个腼腆的男孩，不太会说话。这样一来，两人就接不上话，晓丽对张山的印象倒是很不错，但女孩子总归要矜持一些。隔了一天，张山第二次来，正巧欣欣也在，晓丽就做了介绍，欣欣对整个事情不知道，但她与张山倒是一见面就对上了眼，不久，张山与欣欣恋爱了。

这就是所谓的一见钟情，晓丽对这个结果也是无可奈何，只好在心中默默地祝福他们。

母亲却不知道原因，还以为晓丽看不上张山，唠叨个没完，所以晓丽不常回家。

张山人长得不错，脾气也好，欣欣的父母也对张山一致认可，这样一来，婚事就算定下了。

与欣欣相恋半年后，两人终于结婚了。

张山工作没几年，在城里还买不起房子。欣欣的父母知道后，为女儿着想表示愿意出钱买房，但张山不愿意，他是家中独子，父母也希望他娶媳妇进家门。张山就对岳父岳母说："等将来有钱了，再去城里买房。"欣欣虽然噘着嘴老大不愿意，可张山决定了，也改变不了。

按照习俗，中午在女方家吃完饭后，迎亲的队伍把新娘接回了张山家。

张山家披红挂彩，锣鼓喧天，为迎新娘准备得喜气洋洋，新娘一下车，鞭炮齐鸣，烟花纷飞，热闹非凡。

张山的朋友们忙着从婚车里把嫁妆搬出来，张山的母亲是个闲不住的人，也挤在人群中帮着搬东西，突然，"啪"的一声，张山的母亲不小心把一个首饰盒给摔了。

沉浸在喜悦和幸福中的欣欣一看自己心爱的首饰盒摔了，提起婚纱两步并作一步走到张山母亲身边，挥手就给了她一巴掌。或许，她没有认出这个土里土气的人就是自己婆婆。

所有人惊呆了，张山的母亲脸涨得通红，尴尬万分地低头捡首饰。伴娘晓丽见情况不对，忙拉着欣欣进了门，欣欣的表哥也拉着张山进了门。

晚上的酒席中，张山无精打采，独自闷头喝了许多酒。

当新娘的送亲队伍要回去的时候，张山拉着欣欣来到岳父岳母面前，对二老说："把她带走吧，这个新娘我不要了。"

张山的父母都是老实巴交的农民，娶个媳妇不容易，就劝张山。

张山说："如果今天她当众打我一巴掌，我也认了，可她这一巴掌是打在我心上啊。"

欣欣听了这话，哭了。

这时候流泪的不只是新娘一个人，还有一个人，那就是伴娘晓丽，她在新房外默默地流泪，为自己，也为新郎张山。

刊山东《宁阳文学》2010 年 2 期
刊浙江《宁波晚报》2011 年 12 月 4 日

淡淡的茶香

终于回来了，他在北方的一位朋友那里帮忙，原本不想回来，但这里是他出生的地方，有他牵挂的人，于是，他回来了。

他默默地走在热闹的街头，几年的工夫，小城的变化完全超出了他的想象，一切恍然如梦。

这条街他是熟悉的，他在这里生活了十多年，但如今，印象中的街道已经被拓展，城市建设的脚步跨越了他的记忆，几乎所有的店面都已换了装修，门面是一家比一家豪华，唯有不变的是门前的那排梧桐树，依然年复一年地生长着，几年过去，却也没觉得比以前大多少。

震耳欲聋的音乐声从各商家店铺中传出，花枝招展的服务员扭动着身躯在门口招揽顾客，各种喧嚣的声音如一把锥子似的刺入他的脑袋。

他在“一缕清香”茶吧门前站了一会儿，最终还是走了进去。

他等她，她会来吗？

等一个人需要多长时间？这些年，他在心里等她，但是，一旦见到她，他又觉得害怕。

她终于来了，如她的倩影一样轻盈盈的。

当年的她，长发披肩，一袭白色连衣裙，就是这样轻盈盈地走入他的心田。

他的目光在她高耸的胸脯上撞了回来，心底突地升起一股莫明其妙的失落感……

就在昨天上午，他在大街上走着，一个十分熟悉的身影蓦地映入他的眼帘，她？是她！亭亭玉立，美丽动人。

她那如阳光般的脸庞上洋溢着幸福的微笑，身边一个潇洒的男子紧紧地挽着她的手臂。

他一下感到喘不过气来，不知身在何处，想避开已来不及了。

记忆的阀门刹那间打开。他瞧见她拿花的手也在微微颤抖。

“我过去的同学。”终于，她装作轻松地对男友说。

“你好。”他伸出手握了一下她男友的手，说：“一起逛街？”

她男友点点头，递给他一支烟。

望着他们渐离渐远的背影，他呆呆地站了好久，才一头撞进一家餐厅，第一次喝得酩酊大醉……

虽然喝醉了，但他心里却清醒得很，他颤抖着手一支接一支地抽烟。

烟蒂，扔了八个，终于鼓起勇气，他拨通了她的电话，想约她见一面。

他知道，也许，她不会来……

他知道，也许这是最后一次……

午后的茶吧里静静的，与外面嘈杂的喧嚣形成了鲜明的对比。浅黄色壁灯，柔柔的。

曾经花前月下，多少回卿卿我我，这一刻，蓦然回首，才发现，岁月留下的唯有淡淡的茶香味。

终于，音乐声舒缓地响起来。

相对无言，默默地巡视。

邻座有一对热恋中的青年男女，正忘情地拥抱接吻。

她的眼睛里充满了晶亮的泪珠，终于，缓缓地滚落下来。

“我、我……”他痛苦地用手托着沉重的脑袋：“其实，我认识你的时候，刚从监狱里出来，如果，你知道……”

“别说了。”她拼命地咬着下嘴唇。

沉默。

不知不觉中，他的泪也掉下来。

“你说的这些事，认识你的时候，我早已知道了，浪子回头金不换，当时我已下了决心。可是、可是那天晚上，你不该编造说你有了女朋友，而我却信以为真，才……你那时为什么要这样骗我呢？……如今，我、我已是他的人了……”

很晚很晚，他走了，带着遗憾和怀念。

在这座熟悉的小城里，她再也没有见到他。

刊辽宁《本溪法制报》1991年8月12日

收入《茶吧》(湖南人民出版社2011年1月)

读你千遍

两个九〇后的孩子，男孩潇洒，女孩漂亮。

男孩喜欢女孩，尤其是那头飘逸的长发。

有一天，女孩来到男孩的宿舍。

男孩很意外，忙不迭地收拾起很乱的房间。

女孩笑一笑，说：“对不起，事先没约好，冒昧前来，不会介意吧？”

男孩说：“欢迎欢迎，只是……”

女孩望望男孩的房间，说：“又脏又乱又差。”说完后就笑了。

男孩也笑了。

女孩发现男孩的床头贴着一张明星年画，边上还贴着一张速写，长长的披肩发，一双会说话的眼睛，寥寥几笔，勾勒出一个很潇洒很飘逸的女孩头像。

男孩见女孩看那张速写，就不好意思地说：“画得不好。”

女孩左看右看，总觉得像自己，而且越看越像。

下面竟然写着女孩的芳名，还有一行小字：读你千遍也不厌……

女孩就脸红了。

男孩望望女孩，说：“对不起，没征得你同意，就贴在那里。”

女孩耸耸肩，见年画上三月份下旬的所有日子都画着一个圈，红色的。

女孩说：“这是什么记号？”

男孩说：“3 月 20 日是第一次与你相识的日子，以后每过一天，我就读你一遍，然后画一个圈。”

女孩听了，心里就有些热热的感觉。

男孩又说：“我要读你一千遍……”

女孩说：“一千遍？”

男孩说：“是的，然后向你求婚。”

女孩的脸又红了，说：“你有信心？”

男孩点点头。

女孩就觉得很幸福。

以后，他们常常一起逛街，一起看电影，一起玩。

每过一天，男孩就在这个日子上画一个圈。

有一天，女孩发现例假没按时到来。

女孩很惊慌，找到男孩。

男孩吻一下女孩，说：“别怕，有我呢。”

女孩就宽慰了许多。

又过了几天，女孩悄悄去了医院，一个小姐妹在妇产科工作。

小姐妹检查后，对女孩说：“你怎么这么不小心？”

女孩红着脸说：“他太可爱了，我不能没有他。”

女孩去找男孩，男孩不在。

男孩这时候刚学会打麻将。

女孩又找了几晚，依然见不着男孩。

女孩很失望，见男孩床头的年画上，好几天没有画圈了。

那张速写还贴着，寥寥几笔，好潇洒好飘逸的形象，正对着自己微笑。

女孩就拿起笔，把画上的那双会说话的眼睛涂没了。

还在那句“读你千遍也不厌……”的下面加了一句：你没那个耐性！

然后女孩把笔一折为二，扔在地上。

然后，女孩走了。

刊山东《当代小说》1996年3期

涟漪

阳光开始明媚起来，空气渐渐暖和起来，河水清澈晶莹，春天就这么悄无声息地走来，郊外的桃花红艳艳的，开成灿烂一片。

男人望着清澈的河水说："以前我们常来这里看河，还记得不？"

"那时候的你幽默开朗。"女人剜一眼男人，又说："现在你变了。"

"我还是我，一点没变！"男人说完这话，息事宁人地换了种口气说："好了好了，我今天与你出来是想散散步，不想跟你吵架。"

"你以为我愿意跟你吵架？"女人愤愤地说："你跟那个叫小宁的女人以前是不是也常来这里散心？"

"我们真的没什么，怎么说你才会相信呢？"男人说："不错，我跟小宁是从小一起长大的，可我跟她不是一条道上的人，她毕业后没多久就南下挣钱去了，这些年也没通过信。"

“那你为什么还主动约她？是不是想重温旧梦？”

“看你又说到哪儿去了。”男人说：“她这次回来很失意，我跟她既是邻居又是同学，与她叙叙旧总可以的吧？”

“叙旧？”女人酸溜溜地说：“恐怕是叙情吧？”

“随你怎么说，反正我问心无愧。”男人说：“我知道你会多心，所以带小琦一块去的，不信你可以问小琦，小琦……”

小琦是他们儿子，在不远处自个儿玩耍着。

听到叫声，小琦应一声，蹦蹦跳跳地跑过来。

男人拉住儿子说：“小琦，昨天带你一起去舞厅里见那位小宁阿姨的，是不是？”

女人也拉住儿子的手说：“你怎么可以带小琦去那种地方呢？”

“是小宁说要见见小琦的。”男人说：“她很喜欢孩子，可她的那位不让她生孩子。”

“不让她生？”女人狐疑地说：“女人生孩子天经地义，她……”

“你不知道。”男人叹口气，低声说：“其实小宁她……她是关在笼中的金丝鸟。”

女人听了这话，恍然大悟。

“你说小宁傻不傻？”男人说：“小宁她妈妈找我好几次，让我好好劝劝小宁。摊上这么个女儿，也真是不幸的事。”

女人的脸渐渐开朗起来，急切地问：“小宁她打算怎样？”

“小宁今天又南下了，她说她很难下决心离开她那位。”男人顿了一下，对女人说：“昨天她忽然问我一个问题，说如果镜子一旦裂了缝，应该如何处理才好？”

“她怎么那么傻呢？”女人焦急地说：“虽然书上说破镜能重圆，可她……在法律上她们是不可能成为夫妻的。”

“是啊，我也这么对小宁说的。”男人望望女人，若有所思地说："你说我们像不像一面镜子？"

"当然是，但我们不会裂缝。"女人思索了一会儿，又说："我觉得我们更像一条河流，偶尔也会起一点涟漪，但很快就会风平浪静的，是不是这样？"

一直插不上话的小琦忽然说："那我像什么呢？"

"你呀，"女人指着河中的一条小船说："你就像那条小船，无忧无虑地静泊在河流中。"

"我不要像小船，"小琦噘着小嘴说："我要像大船，好大好大的船。"

男人和女人相视一笑。

男人蹲下身，刮一下小琦的鼻子说："你现在是小船，以后就是大船，去大海里航行，好不好？"

刊浙江《青年时报》2003年3月6日

恼人的秋风

两幢楼房相隔很近，她住在前边，我住在后面的那幢楼里，巧的是，我与她都在二楼。

她的寝室与我一样，不大的一间单人房，从窗口望去，可以把她的寝室望得一清二楚，寝室很整洁，井然有序。而我的寝室，乱七八糟，烟头满地，脏衣服丢得满床都是，被子有时草草地叠一下。

风，总是从她那边吹来，夏天，我这里热，她那里凉。她的房门打开，风也会光顾我的房间，她寝室的那种充满女性的温馨，会吹到我房间来。我就有点醉。

虽然同在一家厂里工作，而我对她了解得却不多，我毕业分配来这家厂还不到一年。

她晾在寝室里的一条浅蓝色手绢吹到了我的房间。于是，我失眠了。

这是天意。我以为。

几天后，我终于下决心把蓝手绢还给她，装在一个浅蓝色的信封里，还附有一首诗，题目是《蓝手绢》：

哦，姑娘你的笑/为什么这样含蓄/这样神秘/你轻盈的脚步/常常走进我洁白的梦里/呵在那幽静迷人的古树下/我轻吻着你/醒来却是枕着/你飘落的/蓝/手/绢……

第二天下班，打开房门，突然发现地上有一张粉红色的信笺，拾起来一看，那娟秀而又细小的笔迹，分明是她写的。我一口气看完，立即脸红心跳起来，开头的称呼是“L”，这是我姓名的拼音中的第一个字母。这张写了满满一纸并且情意绵绵的情书，让我激动万分。原来她对我的爱恋竟然也是这么深！我连忙掐了一下大腿，感到很疼，知道不是在梦中。望望对面，见她还没回来，我忍不住对着她的窗户连连抛了几个飞吻。

傍晚，有人敲门。

我早已把房间收拾得干干净净，还在四角洒了些香水。

打开门一看，果然是她。

我连忙说：“请，快请进！”

她犹豫了一下，款款地进来，望了望放在桌子上的那张粉红色信笺，脸微微地红了。她说："我，我……"

我望着她羞红的脸，整了整领带说："不用说了，我们去看电影，还是去散步？"

她却摇了摇头。

"那就坐会儿吧，我这里很乱，不好意思。"

她舒了口气，说："事情是这样的，我昨晚写了一封信，今天却不见了，可能，可能是风吹到你的房间里了。"

我笑眯眯地拿起桌上的那张粉红色信笺，双手呈上："是不是这一张？"

她面红耳赤地点了点头。

我说："它可能知道自己要去的地方，所以自己先跑来了，让你省五角钱的邮票。"

她被我的话逗得"哧"一声笑了，接过信笺说："可是它却跑错了地方。"

我一听，迷惑地说："什么？跑错了地方？"

"这是我写给一位姓刘的朋友的信，给你的还在这儿。"说罢，她从口袋里掏出一张纸递在我手中，又说："祝你好运，拜拜！"

我呆呆地望着她走出房门，好一会儿才记起了手中的纸，匆匆打开，原来是一首《迟到》的歌词：

你到我身边／带着微笑／带来了我的烦恼／我的心中／早已有了他／哦／他比你先到……

刊河南《百花园》1994年10期

善变

他没料到她真的会来找他。

还是上午的时候，她打电话给他，让他受宠若惊，上大学时，她可是校花，他从没想到有一天她会主动打电话给自己，虽然离开大学才一年时间。其实他知道，她也在本市的一家公司工作，在他心目中，她一直好像高傲的白天鹅，从没正眼看他一眼，所以即使他有这个心可也没这个胆。

他的家在一个偏僻的小镇上，能留在市里工作，全凭他自己的本事。他现在住的房子挺大，有一百多平方米，不过不是他的，而是他的一位朋友的，朋友出国留学，房子就由他暂时看管，一个人独住，空旷得有些寂寞。

他们聊了些无关紧要的事情，窗外的夜色已经很浓了，就在她想告辞的时候，天公不作美，突然间狂风暴雨。

他想，这是天意。

他暗暗祈祷着，雨啊，可千万不要停下来，下吧，下吧，再下大点。

夜深了，雨仍在下着，偶尔夹杂着闪电。

她看了看表，不经意地说："呵，夜深了。"

他说："还在下雨，就住这儿吧。"

她听了这话，望他一眼，脸蓦地红了。

他又说："我的床你睡，我去隔壁的房间。"

"那怎么好意思呢？"她说，"不如我去那边。"

"别争了，我去那边睡。"他说，"晚安。"

不知什么时候，雨止了。

他却失眠了，往事联翩，她就在隔壁，她是那么的漂亮！主动来找自己，是不是……

他下了床，动作轻得像只老鼠，在房间里来来回回转了几十圈，终于，他壮了壮胆，轻轻走出房间，站在她房门前，他又胆怯了，转身进了洗手间。

从洗手间出来，他再次鼓起勇气，推了一下门，门开了，竟然没落锁！

他的心激烈地跳动着，径直走向床头，突然他愣住了，她不在床上，也许去了洗手间，她的房间里就有一个洗手间。

怎么办？他心虚了，既然爱她，何必急于一时？趁她没发现自己，赶紧辙吧。

当他回到自己房间，蓦然间发现，她就站在自己的床前！

她也发现了他，慌慌地说："我、我睡不着，想、想跟你聊聊。"

黑暗中他看不到她的脸，便说："我也一样，你等等，我去开灯。"

不要！她叫道，我喜欢黑夜。

他的心渐渐平静下来，在这个难忘的夜，他们一直聊到天亮……

他工作很忙，两天后他去找她，她已恢复了以往的容颜，有一搭没一搭地跟他聊天。

后来，他又多次去找她，她依然如故。

他知道，自己与她大概没缘分。不过，让他不解的是，那晚她来找自己，难道仅仅是为了叙叙同学之情？

再后来，他不去找她了。有一回碰上她要好的姐妹，他就问起这事，她的小姐妹说："她看似高傲，其实是她的个性如此，她内心也渴望爱情。"

可是，他说："我没做错什么呀？"

“是你没把握好，”她的小姐妹看他一眼，又说，“有些女孩子性格内向，谁也无法猜透她们在想什么，一旦你洞察了女人的心，那你也就失去了她……”

他听了这话，更是茫然，觉得这跟爱情是两码事。

刊山东《青岛文学》2005 年 12 期

来来往往，这就是生活

“婚姻是爱情的坟墓。”林说：“日子一天天重复着，生活了无生气。”

我问道：“为什么这样说呢？”

林说：“难道不是这样吗？我从小就认识她，要说的话恋爱时都已说完，然后是生儿育女，一切都是按部就班。”

“哦，青梅竹马。”我对林说：“我有位朋友也是这样，我给你讲讲他的故事。”

他与她原本生活在同一条街上，由双方父母订下的姻缘，两人也没啥意见，对方家庭一目了然。

他一到二十三岁就走进了婚姻生活，那年她二十岁。

婚后，日子平静得如同一泓秋水，这样的生活让他感到了莫名的压抑。

终于在某一天黄昏，他与她摊牌。结果是，两人选择了分手。他孑然一身，离家而去。他搬进了单位的一间宿舍。就像出笼的小鸟飞向天空，自由自在，无牵无挂。这才是他向往的生活。

他有许多朋友，晚上相约一起吃饭、打牌，几乎玩遍了小城所有的夜店。

那段日子是快乐的、舒畅的。半年之后，他心里又感到有些失落。

朋友们都有家庭，刚离婚时，为了安慰他才积极地响应他。日子一久，都纷纷找借口推辞。他只好借酒浇愁，半夜醒来，却不知身在何处，环顾空荡荡的宿舍，更显得冷冷清清。于是，他自然而然地想起了儿子。

第二天他去儿子的学校，儿子见了他，说："爸爸，你为什么不回家？"

他无言，离婚的时候与她说好了，不要将实情告诉儿子。

他只能对儿子说："爸爸有事，想你的时候我会来看你。"

回来的路，他的心一直酸酸的，儿子很好，又长高了，而且越来越讨人喜欢了。

从儿子的口里知道，她也很好。

一晃，春节来临了。单位放假，他无所事事，一个人猫在单位的宿舍睡大觉。

除夕夜，他自己做了几个菜，喝得酩酊大醉。大年初一的早上，他被手机铃声吵醒。是儿子打来的，儿子给他拜年，然后祝他身体健康，事事顺利。挂掉电话，他再也忍不住，一个人号啕大哭。

两个月后，他与她复合了。

婚姻是什么？当你失去的时候才会珍惜，而生活又何尝不是这样呢？

"那后来呢？"林望着我，说："他们一定恩恩爱爱，一直到老。是不是这样？”

“对。”我回答道：“这就是生活。”

刊云南《春城晚报》2010年10月22日

保卫婚姻

男人出事了，女人不知道，甚至连一丝一毫的怀疑也没有。

他们是传统家庭，男主外，女主内。一直以来，女人对男人很放心，要不是听其他人遮遮掩掩的话起了疑心，不会发现男人的秘密。

男人在外有了另一个女人，这个女人名叫莎莎，才二十二岁。

来到城里已经十五年了，靠着起早摸黑、勤俭持家，现在他们的生活优裕，在城里买了房、有了车，日子越过越红火。

婚外情是个危险的游戏，往往没有好的结局。所以，女人要阻止男人。跟男人点明后，男人没有吭声，该吃饭就吃饭，该睡觉就睡觉，仿佛没有这事一样。

女人忍无可忍，跑到莎莎租住的屋子。女人知道，这屋子是男人替莎莎租的，莎莎吃的、穿的、用的，其实都是男人的钱。

披着一头棕发的莎莎也不是省油的灯，三句话一说，就抡起了拳头，结果，两人都挂了彩。女人越想越来气，就把莎莎屋里的东西都砸了。

接到莎莎的电话，男人马上赶去，面对狼藉的屋子，再加上莎莎娇滴滴的诉说，男人对女人愤恨不已，有什么话不能好好说，砸什么东西呢？

男人回家质问女人，女人气呼呼地反问道："你在外面胡搞，倒有理了？"

男人脾气有点暴躁，知道讲理说不过女人，便把女人打了一顿。

女人虽然受了皮肉之苦，心里却还想着要挽救家庭。

几天后，男人回到家，发现家里被砸得一塌糊涂，男人问女人："谁干的？"

女人答："还会有谁？你外面的女人。"

男人说："不会吧？她没这个胆。"

女人说："是几个不认识的人，肯定是她叫来的。"

男人气上心头，急匆匆地去找莎莎。一进门，就狠狠地打了她一巴掌，披头散发的莎莎受不了这个气，扯住男人的胳膊不放手，一阵混战，把往日的旧情撕得粉碎，留下的只有仇与恨。

过后，男人与莎莎彻底决裂，一拍两散。

女人拿着砸坏的花瓶碎片请人修复，这个花瓶是恋爱时男人送她的。

那天，女人在厨房砸了碗柜，又去卧室把衣服扔了一地，一看还缺点什么，就随手拿花瓶砸在地上。

刊嘉兴《南湖晚报》"如果爱"副刊 2015 年 6 月 11 日

浪漫

这条步行街，管理比较规范。也不知是哪一天，她出现了，推个流动车子卖香烟，城管一来，她就撤。

他是卖纺织配件的，平时很空，但他的店刚好在这条步行街的中间。有一天，他叫住她，买了一包烟，然后对她说："你每天跑来跑去的，不如找个地方固定下来。"

她望望他说："老板啊，找个地方当然好了，可我没钱呀。"

这声老板叫得他心里暖融融的，都是外来打工的，挣钱不容易。

几天后，他又找她买烟，并委婉地对她说，要是不嫌弃的话，可以在他的店里摆个香烟摊。

她想了一下，对他说："老板你人真好。"就这样，她在他的店里卖起了香烟，他外出送货的时候也帮着看一下。

起先，来买烟的人对他说："原来你们是同乡啊？"他听了这话，笑笑，不置可否。渐渐的，大家习以为常。这个世界人人都在忙，谁爱管谁的闲事呢？

他的老婆一直在老家务农，其实他很想老婆跟自己出来开店，但老婆不愿意，一是这儿离家远，来回一趟得花不少钱，二是双方父母年纪大了，需要照顾。

有一晚，他喝了点酒，悄悄跟踪她，发现她租住在一个地下室，阴暗又潮湿，空气也混浊。

他就借着酒劲闯了进去，对她说："这儿怎么能住人呢？大妹子，你要是不嫌弃，就住我那儿。"

她听了这话，脸不由红了，说："大哥，我、我……谢谢你。”

第二天，她就搬到了他的住处。从没有人对她这么说话，他是第一个这么关心她的人。

两人同进同出，俨然成了一对恩爱的夫妻。

她在老家还有个六岁的儿子，因忍受不了丈夫的暴力，孤身一人来到这个小城。没事的时候，她想起了儿子。

他就对她说：“你回家把儿子接来，你儿子就是我儿子。”

她沉默了一会儿，说：“他不会同意的，虽然对我不好，但对儿子还行。”

他听了这话，心中一动，说：“那干脆离婚算了，我也回家离婚，然后我们结婚，再生一个。”

这一晚，两人都很激动，说了许多海誓山盟的话。

然后，两人各自回老家办离婚手续。

他跟老婆磨了两天两夜，老婆终于同意了，老婆说：“自己没能给他生个孩子是这辈子最大的遗憾。”但双方父母不同意，甚至以死相逼。

他一气之下又回到这座小城。

与她约定见面的日子过去了一星期，她还没回来。

他有些担心，便给她打电话，她在电话里说：“大哥，对不起，孩子他爸出了车祸，需要照顾，你忘了我吧。”

他听了这话，呆愣了片刻，便挂了电话。

可就在第二天，他在送货的路上却看见了她，她推着车仍在卖香烟。

他想喊她，张张嘴，最终，却没喊出口。

刊嘉兴《南湖晚报》“如果爱”副刊 2011 年 12 月 28 日

围城里的女人

她在大街上漫无目的地闲逛，穿梭于来来往往的人群中。忽然，对面一个骑自行车的男人停住了，她想从边上过去，不料，那人跨下车，说："你、你是安然吧？"

她一愣，这谁呀？她在记忆库中努力搜索，虽有点印象，但还是不知他是谁。

"我是张贵华呀，不记得了？十多年前，在万家福超市……"

这一说，她记起来了。确切地说，和张贵华同事只有半年。记得那时候，风度翩翩的张贵华主动追求她，她有些心动，但不久又认识了现在的丈夫，最终她选择了后者。两人关系一确定，她就辞职了，婚后，他们搬到了县城，她丈夫对她说："你只要把家照顾好就行了，我会努力工作的。"事实证明，丈夫确实有这个能力。如今，她家住在当地最高档的楼盘，生活无忧，从她的穿着打扮上就可以看出来。

阳光洒在她那不再年轻的脸上，她一向话不多，和张贵华闲聊了几句后，两人就分手了。走了几步，她又回转身来，发现张贵华跨上自行车匆匆地消失在茫茫人海中。

生活是枯燥的，尤其是有了房子、车子以后，她更发觉，这个城市越来越陌生，整天穿行于钢筋水泥构筑的空间里，窒息得令人发疯。丈夫每天早上出门一直要工作到很晚，女儿上初中后住校了，这样一来，她倍感孤单和寂寞。所以她上街只为了呼吸一下新鲜空气，当然，也希望能碰上熟人，尽管她的生活圈很窄，认识的人也不多。

碰上张贵华纯属偶然。时间就像一把刀，不露痕迹地把每个人刻画得变了模样。张贵华的背有些驼了，胡子拉碴的，唯有不变的是那双眼睛，依然笑中带花，如果张贵华不主动介绍，她还真不认识他了。

回到家，面对空荡荡的家，她依然感到无尽的孤单和寂寞。

第二天上午，她又走出家门，很自然的，她想起了张贵华，还是这个时间这个路段，却没碰上他。隔一天，也没碰上。虽然她的心中有些淡淡的失落，却也没有多少沮丧。大约一星期后的这一天，终于又碰上张贵华了。依然是站在大街上聊了几句，张贵华还要了她的手机号码，然后张贵华骑车匆匆离去了。

回家后，她还在纠结着，给张贵华号码是不是一个错误？要是他在错误的时间或者错误的地点打来电话，那该怎么办？想到这里，她有些紧张，甚至是茫然不知所措。虽然她知道，自己和张贵华之间不会发生什么，但在心底深处，却不断地有渴望涌出。

一连几天，张贵华都没有打电话来，仿佛根本没有遇到过她一样。

这天，她刚要出去，却突然接到了张贵华的电话，约她在一家小饭馆见面。于是，她精心地打扮了一下，赶到那家饭馆。

张贵华点了几个菜，邀她一起吃个饭。几杯啤酒下肚，话也多了，原来张贵华几年前也搬到了县城。大家各忙各的，再回首的时候，才发现岁月匆匆，年轻时候的懵懂和纯真早已悄悄流逝。他们还聊了些家庭以外的话题，她很开心，讲了几个笑话。说实话，和丈夫在一起从没这么开心过，丈夫言语不多，比她还话少，这些年来她习惯了这种沉闷的生活。

后来张贵华说起了自己的家庭，他说他和妻子早就渐行渐远，如果不是为了孩子，他们早就分道扬镳了。张贵华说完，她沉默了。她想，自己何尝不是这样呢？如果没有女儿，她和丈夫还会生活在一起吗？

她低头喝酒。张贵华走过来，轻轻地吻一下她的脸颊。她立刻像触电一般跳了起来，红着脸慌乱地逃走了。

随后几天，张贵华没有联系她。她也没碰到张贵华。她觉得，这样也好，避免了不必要的尴尬。就在这时，张贵华发来一条短信，想约她一起喝茶。她愣了片刻，最终把短信删除了。

第二天上午，她又碰上了张贵华。张贵华问："你好吗？"她回答说："好，你呢？"张贵华点点头，说："改天请你喝茶。"张贵华说完，道声再见，跨上自行车匆匆走了。

她想了想，发了个短信给他："急着上班啊？"张贵华回道："我在华隆公司兼职，每个星期的今天上一天班。"

她把短信删除了，然后回家。庆幸那天自己的决绝，钱锺书在《围城》里说：婚姻如围城，城外的人想冲进去，城里的人想逃出来。这世界充满了诱惑，令人防不胜防。有时候觉得，生活虽然并不是想象中的那样，而时间早已把每个人的命运安排妥当，有些美好的事情心里想想就是了，何必要结果呢？其实这样也挺好的。

刊嘉兴《南湖晚报》"如果爱"副刊 2014 年 7 月 2 日

错票

男孩是不集邮的，但男孩知道女孩喜欢集邮。

男孩对女孩有点意思，便时常去亲戚或朋友家里讨些用过的邮票，送给女孩。

女孩很高兴，对男孩一笑，说："谢谢你。"

男孩也很高兴，也爱看女孩甜甜的笑。

男孩就常常送女孩邮票，当然都是从信封上揭下或剪下来的。

有一次，女孩发现男孩讨来的邮票中有一枚"文革"票。

女孩问："这枚票是从哪儿讨来的？"

男孩看了半天，也看不出个所以然来。

男孩说："不知道，不过我可以去问一问。"

女孩说："你最好把这枚票的信封也讨来。"

男孩听了女孩的话，就说："包在我身上。"

女孩就很温柔地笑起来，说："你真好。"

第二天，男孩果然把那枚信封讨来了。

女孩看了，连连跺脚，说："瞧你，把这么珍贵的实寄封给开了天窗。"

男孩就很委屈的样子，说："我又不懂得集邮。"

女孩又说："以后有这样的信封，不要剪下，好不好？"

男孩朝信封一看，见信封上端印着一行红字：敬祝毛主席万寿无疆！

男孩就点点头。

后来，男孩想向女孩求爱，送给女孩什么好呢？男孩一下想到了邮票。

男孩就去邮票市场买了几套新票。

女孩接过邮票，很专心地看起邮票来。

男孩对女孩有兴趣，而对邮票不感兴趣，只好十分耐心地等女孩看邮票。

女孩看了一会儿，抬起头对男孩嫣然一笑，说："太谢谢你了。"

男孩感到很满足，女孩笑起来像一朵花。

男孩拿起一套邮票，对女孩说：“瞧这套邮票，没什么错的地方吧？”

女孩很敏感，疑惑地看着男孩。

女孩就问：“你买了一套错票？”

男孩说：“是啊，八分的‘分’字没印上去。”

女孩说：“那这枚邮票呢？”

男孩说：“我还给他们了，花两角钱买一张错票，划不来。”

女孩说：“哇！你这个人真是笨死了！”

男孩莫名其妙地望着女孩，见女孩的笑容一下子无影无踪。

男孩不知道女孩为什么发火。

女孩说：“错票别说是两角钱，就是二十块钱买回来也值的。”

男孩依然不懂。

女孩又说：“错票是很少见的，所以很值钱。”

男孩很奇怪，心想这邮票名堂真多，稀奇古怪的事也不少，买东西别人就爱买正宗的，哪听说过错的反而值钱的道理？男孩这么想着，就觉得女孩也好生奇怪。

本来想向女孩求爱，这么一想，男孩决定暂时不向女孩求爱了。

刊山西《集邮报》1992 年 7 月 25 日

江西《微型小说选刊》1993 年 5 期选载

选入《当代微型小说大观》(作家出版社 2002 年 7 月)

先救谁

大张的业余时间大都放在读书写作上，因此错过了许多花前月下的好时光，不过生活中毕竟好心人多，看他年龄渐大还是孑然一身，便一次次为他介绍女友。介绍人给他介绍的女友都喜爱看书，对于这一点，大张极为反感，按理说，有共同爱好，也算是天作之合。但大张却不这么认为，他也知道，周围不少人看自己的目光有点怪怪的，背后还给他起了个绰号，叫“书呆子”，还算客气，难听一点，就是“书毒头”。

爱看书那是个人喜好，关别人什么事呢？若再给自己介绍个爱读书的女友，那么两个“书呆子”待在一起，整天除了读书就是看书，家务全不管，生活一团糟。所以，大张并不希望自己的另一半是个爱看书的人。

其实，大张之所以反感，还有一个重要的因素，之前曾谈过的两个女友，因为有共同爱好，聊天自然离不开读书的话题，也不知怎么聊到了曹禺的经典名著《原野》，其中有一段精彩的对话，那女的问：“假如我和你妈同时掉进水里，你先救谁？”大张至今仍记得，第一次回答说：“先救我妈。”女友听了，说他心中没她，就跟大张拜拜了。第二次回答：“先救女友。”女友呵呵笑了一会儿，说他不能信任，一个连自己母亲都不救的人能信任吗？说完转身就走。大张静下心来一想，似乎也对。散就散吧，不是一家人不进一家门。不过，从此以后，大张对“脑筋急转弯”之类的话题有点神经质，尤其是对一些智力测验如遇大敌，如果有人问他 1 ＋ 1 等于几？他肯定迟迟不敢回答，唯恐回答错了被人笑话。

有人又给大张介绍了一个女友，她叫小丽，长得小巧玲珑，在某局工作，见了几面，双方印象都不错。大张的心情变得晴朗起来。可就在那天晚上，他俩漫步在凤凰湖边，小丽问他："现在我问你一个问题，假如我和你妈同时掉进水里，你先救谁？"

听了这话，大张的头"嗡"的一下大了，神经质地说："我，我……"

小丽嫣然一笑，说："你就说吧，就当是智力测试。"

大张最怕的就是这个测试，因此迟迟不敢回答，忍到最后，才说："这个，这个问题，能不能让我考虑考虑？明天再回答你，行吧？"

回家后，大张一直闷闷不乐，堂姐带着八岁的外甥来家里做客，见大张无精打采的样子，便问道："怎么，又吹了一个？"

大张把事情一说，堂姐还没想出答案来，小外甥却抢先回答道："这太容易了，谁不会游泳就先救谁！"

堂姐呵斥道："大人讲话小孩子插什么嘴！"

大张一听，脑中顿时一激灵，对啊，谁不会游泳就先救谁！

第二天，大张小心翼翼地对小丽说："昨天你提的问题我想到答案了。"

小丽说："那你的答案是什么？"

大张说："谁不会游泳就先救谁！"

小丽听了，愣了一下，然后呵呵笑了，说："那我告诉你吧，等你想到谁不会游泳就先救谁的时候，那不会游泳的人早就淹死了！"

大张沮丧地想，得，这回又玩完。

不料，两天后，小丽忽然给大张打电话，气喘吁吁地说自己电瓶车与别人碰了一下，大张马上赶了过去……

多年以后，大张和小丽的儿子读小学一年级了。有一天，大张捧着儿子的语文课本，其中有一篇《孔融让梨》，大张突然间想起了往事，扭头问一旁的小丽："我们刚认识那会儿，你曾问过我，'假如我和你妈同时掉进水里，你先救谁？'我好奇的是，你怎么会想到问这个问题？"

小丽瞪大眼睛说："我不记得了。"顿了一下，又说："我会问你这么幼稚的问题，不会吧？"

大张拍了一下嘴，说："那，可能是我记错了。"

刊湖北咸宁《星星文学》2005 年 3/4 合刊

刊嘉兴《南湖晚报》"如果爱"副刊 2021 年 9 月 2 日

小河静静地流

村边的小河静静地流着。

一缕青烟，在他的头顶上飘飘袅袅。他看了一下表，显得有点急躁。又点燃一支烟。地上，已有十几个烟蒂了。

他在等她。

去年，也是这时候，也是这地方。

"那个他今天又来了。"她的眼睛红红的。

他的眉头微微一皱，甩开了她的手，说："干什么？"

"你知道的呀。"她的眼睛暗淡下来，说："还带来了聘金。"

"你收下了？"他一下紧张起来。

她掉转头去，不再理他。

“你说呀，你。”他一把搂过她的头，紧盯着她的眼睛。

“爹收下了。”

他的心一凉：“那你……也同意了？”

“爹说，他有钱，将来会幸福。”

他掏出烟，用哆嗦的手点燃了，狠狠吸了一大口。

“你快想个办法吧……爹同意了，他还定下了日子，就在今年年底。你叫我怎么办？”

好一会儿，他甩掉手上的烟蒂，说：“明天，我就去外面打工。”

她说：“能行吗？”

“你放心，我很快会回来的，等着我。”

她点点头，拼命忍着泪，却还是掉下来。

现在，他打工回来了。

等她，她会来吗？

缓缓地，她来了。

是她！他的心快要蹦出胸膛。

多么熟悉的身影啊，还是去年的那身衣裳。

头发乌黑闪亮，披到肩上。

眼睛大又亮。比以前漂亮了。

他的心，却酸溜溜的。

“你，好吗？”

“还好。”她不自然地一笑：“还算过得去。”

“……”

手还是那么纤细。

“你瘦了。”她说。

“瘦？都是为了你。”

轻轻的，她叹了一声。

他打开包，掏出一大把钞票，眼里放出光芒，说：“你看，这就是我的一年！你去告诉他，放了你，这些全给他，嫌少，家里还有。”

她望了一眼，没言语。

“爹承包的鱼塘，明年开春可以造一幢楼房。我要明媒正娶地把你接过来……”

她长长地叹了一声，低声说：“我已经是他的人了，肚里也有了……怎能、怎能忍心……”

天，是那么阔，那么蓝。一丝白云也没有。

“哗——”他把手里的钱扬上了天空。

像鸽子在飞。

飘飘然然，散落在河中。

小河仍在静静地流。

刊浙江《农村信息报》1996年1月26日

婚姻就像一条船

柳儿不是很漂亮，况且已经过了四十岁，整天一副风风火火的样子，要说干劲和魄力是有那么一点的。

柳儿在镇妇联工作，每天忙忙碌碌，各种琐事也多，自然顾不上家，与男人的分歧也越来越大，整天吵吵闹闹，直至离婚的边缘。

有一次，柳儿对邻居说：“我嫁给他真是瞎了眼睛，他也算是一家之主？家里的事情他管过什么？当初我们结婚，装修房屋、办酒席、叫车子都是我去跑门路，请人帮这帮那，他倒安耽，就知道跷着一只腿抽香烟！你说气人不气人？”

那邻居听了，只好劝道，其实家家都有一本难念的经，居家过日子嘛，还是退一步海阔天空。

柳儿很委屈的样子，说：“就是退一万步，他也不像个男人样，你看他的衣服，如果我不叫他脱下来洗，他会永远穿着，被子我不洗，就脏得一塌糊涂，他呢，照样钻进去，睡得跟死猪一样，像他这种男人，大事小事都要依赖女人，注定是不该有老婆的人。”

柳儿接着又说：“整天一副不干事的腔调，没一点男人的样子，我一看见他就生气，我已经忍了好多年了，够了！”

柳儿的男人在一家超市打工，本来对生活很知足，可自从柳儿一闹离婚，他就像换了个人似的，整天一副无精打采的样子。柳儿的儿子中考结束后，不想上职高，很快进了一家公司工作，见家里不太平，干脆拎着包住到公司的集体宿舍去了。

那邻居是个好心人，有一回，看见柳儿的男人喝醉了酒从外面回来，就把他请进家来，打算好好劝劝他。没想到，柳儿的男人一提此事就愤愤不平，瞪着一双血红的眼睛说：“你们不知道，在家里一向都是她说了算，我开始是让让她，后来也就习惯了，她倒越来越凶，像欠她一百万似的，离婚就离婚，谁怕谁呀?!”

柳儿的男人抽着烟，又说：“当然，她也别想得便宜，这个房子也有我一份的！是不是？”

都要房子，这婚自然就离不成。社区的好婆调解了几次，两人就是尿不到一个壶里。好婆也就不再去调解了。每天吵吵闹闹，成了不可缺少的内容。

忽然有一天，这一家平静得如一潭死水，整座楼房都觉得有点意外。

第二天，好婆说："终于离了，房子归男人，柳儿搬走了，好像傍了个富商。"

柳儿这个年纪也能傍富商？谁也不相信，况且柳儿大小还是个干部呢。不过，柳儿确实没有回来过。

现实世界人人都忙，谁爱管谁的闲事呢？日子一天天流逝。

这天，住在三楼的诗人从大街上回来，告诉大家说："嘿！今儿个碰上了柳儿，她化了淡妆，比原先更漂亮了，你们猜，她跟谁在一起？"

有人回答道："还不是那个富商吗？难道又换人了？"

诗人说："哇！那个穿西装的富商有点老，该不会是柳儿她爸吧？"

好婆听了这话，瘪着嘴说："瞎三话四，柳儿她爸早就死了。"

这生活，就像一条船，晃荡来又晃荡去。诗人扶了扶眼镜，摇头晃脑地说，谁知道是咋一回事？

刊嘉兴《南湖晚报》"如果爱"副刊 2015 年 4 月 23 日

约定

小芸是个文静的姑娘，在这家服装公司已经干了四年，除了上班，她几乎都在宿舍里，很少外出，挣的钱都寄往家里，连春节也不回家。

周杰注意小芸很久了，因为周杰喜欢小芸的朴素和善良。

周杰是来自云南山区的小伙子，也在这家服装公司里打工。

有一天，周杰鼓起勇气向小芸表白。

小芸很惊诧，对周杰说："你喜欢我什么呢？"

周杰说："喜欢你的善良、你的朴素，还有许许多多。"

小芸说："那么你了解我多少？"

周杰说："我来公司三年，还没见你有男朋友，所以我想追你。"

小芸对他说："你不了解我，我有一个男朋友。"

周杰很有信心地说："你男朋友从没来找过你，所以他对你没吸引力，或者说你男朋友在外地，如果两个人长久的不在一起，感情也会慢慢变淡。"

周杰又说："我可以等你，一年，或者两年。"

小芸不置可否地一笑。

在这个开放的沿海城市，同宿舍的女孩一到晚上就把自己打扮成花蝴蝶一样，扑向灯红酒绿的世界。

小芸却心如止水。

周杰自从表白后，就经常来找小芸，说说话，聊聊天，他相信"精诚所至，金石为开"这句话。

可是不久后，周杰知道小芸确实有个男朋友，在北京上大学。

周杰很是沮丧。

慢慢地，周杰知道了小芸和她男朋友的事。

小芸和她男友是同学，成绩都很好，两人有一个郑重的约定：两人共同努力，争取考上同一所大学，然后一起奋斗，一起等到感情开花结果的那一天。

可是天不遂人愿。

就在小芸高考的那一年，小芸家出事了，她父亲遭遇车祸，而肇事司机逃逸，一个家庭顷刻间走向衰落。

小芸的男友如愿考上北京的一所大学，送他上火车前，他鼓励小芸说："坚强一点，我们还有个约定。"

小芸说："我不会忘记，你也要好好照顾自己。"

不久，小芸也离开家乡来到这个沿海城市打工。

周杰对小芸说："不管以后发生什么事，我总会在你身后。"

"谢谢你。"小芸说："其实，我也不知道明天会怎样，每次打电话给他，他的话也越来越少。"

这一晚，周杰去找小芸。

小芸正在打电话给男友，周杰听见小芸问他："我们的约定还有效吗？"

好一会儿，她男友才回答道："忘了我吧，小芸。"

小芸挂了电话后哭了。

周杰说："小芸，我觉得你应该去找他，问个明白。"

小芸说："我、我也是这么想的。"

周杰听了这话，后悔得真想打自己一巴掌。

周杰知道，小芸见到他也不会有结果，既然四年没见了，突然见到他，只能让小芸更伤心。

小芸果然请假北上了。

周杰心里七上八下的：小芸如果与男友彻底了断，那以后就会接受自己；但如果小芸依然走不出初恋的阴影，那么事情将会更加复杂。

小芸终于回来了，一脸灿烂。

小芸身后，是她男友，不过，他拄着一根拐杖。

很快，周杰也知道了，小芸的男友为了从飞驰而来的汽车下救一位小女孩，自己失去了一条腿。

如果小芸不去找他，他会默默地祝福小芸，而将秘密永远埋进心底。

周杰找到小芸的男友，对他说：“小芸是我这辈子见过的最好的女孩，好好对她吧。”

第二天，周杰离开了这座城市。

刊浙江《宁波晚报》2011 年 9 月 25 日

清清小河边

婀娜多姿的垂柳，在风中柔柔地荡漾，河水清澈透明。夏扔掉第十支烟蒂，抬起手腕看了看表：北京时间十八点。正是他俩约定的时间。可斐还没来。夏轻轻地叹了口气，又点起一支烟。

斐终于姗姗来迟，那一袭白色连衣裙，在风中轻歌曼舞似的，轻妆淡抹的脸，别有一番风情。斐说：“对不起，我又迟到了。”

“我也刚到。”夏扔了烟蒂，从口袋里掏出一个信封，说：“给你。”

“你真好。”斐柔柔一笑，打开信封，小心翼翼地抽出一看，是那枚《红楼梦》小型张，品相很好。

“怎样谢你呢？”斐扬了扬细眉，很诱惑地说。

“你说呢？”一个甜甜的笑靥，释怀了夏刚才所有的不安和躁动。

他俩半年前第一次相识在邮票市场，因共同的爱好，走在了一起，谈集邮，谈人生，然后就相恋了。

斐把信封放入包内，然后靠近夏，说：“跟你说件事……”

夏说：“是不是要谢我？”

“昨天我姨父来我家，也想要一张……”

夏一下明白了。

“我姨父在省城，很难得来我家做客……”

夏微微一笑，觉得那笑比哭还难看。

“好不好？就再给我买一张嘛……”

夏盯着那殷红的小嘴，不自禁地舔了舔嘴唇。上两次，也是在这儿，斐用这故意翘起的小嘴，把夏彻底地“俘虏”了。

夏看过斐的集邮册，知道斐没有《红楼梦》小型张，就送斐一枚，说是托父亲买的，每枚二十元。斐知道夏的父亲在邮局工作，没几天，斐说她的小姐妹也要一张，第二次，斐说是厂里的车间主任要，今天，是第三次，斐的姨父……

斐依在夏的怀里，望着夏的眼睛，还在说着：“你说好不好吗？为了我，再去求你父亲一次，我保证，这是最后一次，行不？”

夏知道，上级和姨父，都对斐很重要，也真难为斐了。可是、可是……

夏叹了一口气，轻轻推开那充满诱惑的身体。

斐愕然！随即旋了个身，嘤嘤地哭了。

夏鼓起勇气，轻轻拥住斐，然后把斐旋过身来，夏说：“对不起，斐，我……我一直在欺骗你。今天，我都对你坦白。其实，《红楼梦》小型张是我从邮票市场里买来的，每枚一百七十元，我父亲邮局里根本就没有，即使有，也不会轻易卖给我的……”

“什么？……”斐又一次惊得张大了嘴巴，然后，轻轻后退了几步，泪，从那丹凤眼里悄悄溢出：“不、不！……”

夏走上几步，说：“是真的，斐，我没骗你，这全是真的，因为、因为我太爱你了！所以……斐，我知道我配不上你。对不起，我、我走了。”

第二天，夏收到了斐的信。夏知道，结束了，从此夏也彻底解脱了。夏很想潇洒地笑一笑，却始终没笑出来。

轻轻撕开信封，一张天蓝色信笺，那熟悉而又娟秀的笔迹映入夏的眼帘。

夏：

应该说“对不起”的是我，我也是一直在欺骗你，当初你送我一枚《红楼梦》小型张，说二十元买的，而你父亲又恰恰在邮局工作，所以我以为你有门路。其实我是编造说小姐妹和车间主任要，三枚《红楼梦》小型张都被我拿到邮票市场以单价一百五十元卖了。原本打算再要你买一枚，四枚共六百元，再添些钱买一台卡拉OK，将来嫁给你时也好多一件嫁妆……夏，你真好，我对不起你。夏，卖小型张的钱共四百五十元，我已从邮局邮寄给你。夏，我无意中伤害了你，我在你心目中的形象，已经一文不值……

夏，我真浑！如果、如果你能够原谅我，如果、如果你还爱着我的话，今晚六点，我在老地方等你……

泪水，不知不觉模糊了双眼，男儿有泪不轻弹啊。

此刻，夏的心，已经飞到了那充满诗情画意的河畔。

刊《云南邮电报》1994年3月31日

最爱的人

把女儿送到他的父母家，她什么话也没留下。

坐在回程的公交车上，她终于舒了口气。

车缓缓离去，她又牵挂起四岁的女儿，这会儿是不是在找妈妈？是不是一直哭个不停？

她有些纠结，要不要回去呢？

不能，她狠下心。

接下去干什么呢？当然是找他摊牌。

他已经两天两夜没回家了，一直在所里加班。

踏进派出所的大门，她心中的气已经消了一半。

女儿感冒，接着转为肺炎，她请了几天假，住院三天打点滴，他来了一次，没待上十分钟就有电话打来，要他前去处理。

他发微信表示歉意，她没回，而且，把他的微信直接拉黑。

显然，他父母已经打电话给他。

见到她，他也没说什么，站起来给她倒了一杯茶。

他知道对不起她，前两天，一个特大网络诈骗案收网，他被临时抽调过去，负责外围的警戒。

刚想坐下来和她聊聊，又有事了，协警带着一个老人进来。

老人看上去有八十多岁，头戴一顶白色的遮阳帽，目光呆滞，嘴角有流涎，很可能患有阿尔茨海默病。

协警说："他不认识自己的家。"

他问道："那他身上有没有带身份证之类的？"

协警说："什么也没有，只找到一封信和一张火化证明。"

那张火化证明已经泛黄，上面的名字叫李芳芳，时间是1996

年12月5日。

信封上的字迹也已经模糊不清，他抽出信纸，上面赫然印着“×× 中学革委会”的字样。把信看完，他才知道，这是一个名叫赵乃均的人写给爱人李芳芳的家信，信中说：“此次离开家，来到省城学习，已经半个多月。家中双亲及孩子，由你照顾，你辛苦了。我一切均好，勿念！……”落款时间是1977年8月10日。

他对协警说：“这老人名叫赵乃均，很可能是 ×× 中学退休老师，马上打个电话问一下。”

协警说：“好的。可是，他身上带着这些干什么？”

他说：“你没结婚吧？”

协警腼腆地笑了笑，说：“还没，不过已经定好了，明年元旦。”

“好好爱吧。”他指着老人说：“你刚才说，他带着这些干什么，其实，在他心里，就算忘了全世界，也不会忘记最爱的人。”

协警打电话去中学，果不其然，老人确实是退休教师。

协警说：“学校已经联系上老人的儿子，让他到所里来领人。”

他说：“好。”

回头一看，发现她不知什么时候已经走了，他马上追了出去，却没见她的身影。

手机“叮当”一声，有微信。

他打开一看，是她发来的：“我去接女儿，晚上在家等你！”

刊嘉兴《南湖晚报》“如果爱”副刊2017年11月2日

第四辑

幻想星空

寻找炊烟

公元3333年，世界全部实行智能机械化。

赵老师坐在家里，通过计算机给他的十几个学生上课，当教到“炊烟”这个词的时候，不少学生通过计算机向他发问：“炊烟是什么？”

赵老师也不知道这炊烟是什么东西，地球上在几个世纪前就已经没有任何烟味了。

第二天，赵老师走进资料室，调看了几个世纪前，甚至一千年以前的许多激光录像资料，才知道这炊烟是怎么一回事。

为了形象化教学，赵老师计划把他的学生带出家门，去野外的山上活动。

没想到这个计划遭到了来自学生家庭、学校，以及全社会的强烈反对。

经过许多天的努力，赵老师终于克服重重困难，决定按原计划行事。

这天早晨，当赵老师一见到他的十几个学生的时候，又一下傻了眼，只见每个学生背后都跟着一个智能机器人，机器人还背着一个真空箱，那是放经过特殊处理的食品的。

终于来到山上，其实除了赵老师，他的学生全是由智能机器人背着上山的。

山上阳光灿烂，赵老师捡了许多木柴，却发现他的学生都不见了，定睛一看，原来他的学生们一个个都钻进了自备的防紫外线罩子里，远远望去，像机器人似的。

“同学们都过来。”赵老师说：“现在我给你们讲讲‘炊烟’这个词，你们仔细看着。”

学生们都好奇地围着赵老师和一堆木柴。

赵老师掏出了激光燃火器，说：“同学们，以前，我们人类点火用的是火柴，你们有谁见过火柴？”

学生们互相望了望，都摇了摇头。

“其实，我也没见过火柴。”赵老师笑了一下，说：“人类在2500年后，火柴完成了它的历史使命，从那时起，自动激光燃火器取代了它。”

可是，赵老师的燃火器怎么也点不着火，赵老师疑惑地望着燃火器。

这时候，突然从燃火器里缓缓传出一个声音：“没有消烟器，燃火器功能全失。”

原来是这样！我怎么没想到呢？

赵老师心一下子凉到了脚底，心想：看来，永远也见不到炊烟了！

刊湖北《科技信息快报》1995年9月22日

山西《科幻大王》1996年3期选载

江西《微型小说选刊》1996年5期选载

选入《当代微型小说大观》(作家出版社2002年7月)

选入《把车停在22世纪》科幻故事白金版（江苏教育出版社2011年4月）

“黑旋风”板斧

经过多年改革，水泊梁山上众头领有外调的、辞职的、经商的，唯有“黑旋风”李逵依然如故，每天只知道大碗喝酒、大块吃肉，积蓄却是越来越少。

李逵静下心来，眼瞅着坐吃山空的状况，再瞧瞧其他头领，最差的也弄辆“宝马”开开，简直是天壤之别。于是李逵去找梁山实业公司总经理宋江，宋江心想这黑厮除了打架还能干啥呢？那个山阴的陶庵老人张岱，对他的评价是：“面如铁，性如火；打东京，只两斧。”一针见血啊。

但宋江毕竟是头儿，城府极深，他沉默一会儿，对李逵说：“要不这样，把吴学究找来，咱兄弟三个合计合计。”

吴用来了后，宋江把李逵的事情推给了吴用。

吴用倒也爽快，对李逵说：“兄弟呀，其实你早该下海了。”

李逵瞪大了双眼说：“俺下海干啥？当年在浔阳江边，被‘浪里白条’张顺骗入江中，喝了不少江水，险些淹死。”

吴用哈哈大笑，说：“要说梁山兄弟里最有手艺的就是你呀，李逵兄弟，只是你一直没发现罢了。”

这一说，连宋江也迷惑了，对吴用说：“快说说，别把咱李逵兄弟憋坏了。”

吴用说：“你看看，你自己手中拿的是什么？”

李逵把手中的双斧提了提，说：“这、这不是斧头吗？”想了想又说：“俺铁牛明白了，你是让俺继续干老本行？”

宋江听了这话，呵斥道：“你这黑厮！现在是清平世界，朗朗乾坤，还想着杀人越货、做剪径的事情？我告诉你，你要这样想的话，我是第一个容不下你！”

吴用说：“莫急莫急，李逵兄弟只是还没开窍，那我就不兜圈了，直说吧，你手中的板斧是谁打造的？”

李逵说：“俺铁牛也会打造呀，不过这板斧是俺爷爷，不对，是俺爷爷的爷爷传下来的。”

宋江一听便明白了，乐哈哈地说：“行啊，有这门手艺，其实早该发了。”

吴用接着说：“水泊梁山周围都是庄稼户，耕田种地、打柴砍树，少不了铁锹和板斧，李逵兄弟，你说说，方圆百里内，有谁的打铁手艺能超过你？”

到这时李逵也明白了，不禁大喜道：“原来俺铁牛也有宝，但守着宝却不会利用。多谢二位哥哥！”

不久，李逵就用他爷爷的爷爷传下来的独门打铁技术，生产板斧，不出两年，李逵兜里的钱就像风吹一样鼓了起来，他便扩大规模，成立了“黑旋风”板斧有限公司，专门生产“黑旋风”板斧。由于质量过硬，“黑旋风”板斧就成为名牌产品，每年都为梁山缴纳许多利税。最高兴的就是宋江和吴用，想不到李逵是最后一个下海，却是梁山的利税大户，总资产已经排名第一了。

李逵有些洋洋自得，每天开着他的“宝马”四处兜风，公司里的事也懒得去管了。

可最近一段时间，市场营销部送来的报表中说，板斧不知为何销量大跌。

李逵也不在意，心想打什么紧，一定是“黑旋风”板斧货真价实，经久耐用，每个家庭买一把，用上十年恐怕也不会生锈烂掉。

但市场营销部的报表数据显示，每月销量还在下滑。

李逵就感到有些奇怪，这天，他独自一人偷偷地来到板斧市场，只见市场里人来人往极热闹，买卖也不错，怎么会销量下滑呢？李逵百思不得其解，但当他凑近摊位一看，顿时头晕目眩，原来市场上卖板斧的很多，但商标都不是“黑旋风”，而是什么“黑璇风”“墨旋风”“黑旋几”等等，李逵问了问价，却是比“黑旋风”牌便宜一半。又问那些买主，一个老汉对他说：“家里有一把正宗的‘黑旋风’牌板斧，用了六年还很锋利。”

李逵疑惑地问：“既然家中有‘黑旋风’板斧，那为何还要买‘墨旋风’板斧？”

老汉说：“经常有人来借板斧，这不，买一把便宜的备用，若有人来借就借给他们这把‘墨旋风’板斧，还不还无所谓了。”

望着老汉远去的背影，李逵不由大怒，拿起一把板斧就对着木桌劈下去，只听到“咔嚓”一声，桌子没怎么样，板斧倒是断了，险些砸到他的脚！

刊嘉兴《南湖晚报》“杂的文”副刊 2007 年 5 月 7 日
刊广东《侨乡文学》2009 年 7—8 月

W 星球的故事

李翔在 S 星球留学的时候，就听同学们说 W 星球不仅智能化设备齐全，风光也十分的美丽。毕业的时候，他终于如愿以偿地在 W 星球落了户，整天坐在公寓里的计算机前操作，公司是不用亲自去的。他从事的是设计工作，每一幅设计稿完成后，直接通过计算机传到公司，每月的工资也由计算机转入他的银行账号。

空闲的时候，李翔在计算机上写信，写完后，由卫星传到其他星球上他的朋友或同学的计算机上，最末一段全是这样写的：“来吧！朋友，W星球以崭新的面貌，等待着你来做客——你的朋友李翔。”

半年过去了，李翔早已熟悉了W星球上的生活。他很少出门，每天就坐在计算机前，工作之余，也在计算机上看影像，或看新闻报道。这天，他看到这样一则新闻报道：W星球正在拆毁最后一座火葬场，W星球的生存环境，在整个银河系中，无疑是最棒的，据统计，两百年来，W星球至今没有发生过一起死亡事件。

李翔从不去逛菜场或商场，需要什么，都是坐在计算机前操作，由计算机接通某个菜场或商场的监控系统，一排排商品看过去，中意的，就按一下电钮，数秒钟后，东西就会由真空传送机送上门来，所需费用每月由银行自动结算。

多年以后，李翔的计算机上经常出现父母的话：“快结婚！快！快！快！”

亲戚和朋友们的文字是这样写的：“阿翔，还没有意中人？加油啊！加油！”

三十二岁的李翔也开始留意，在计算机上搜寻商场或街道上的女人。

这一日，商场里一位婀娜的女顾客出现在计算机上，使李翔的眼睛一亮，她有着一头红色的披肩发，戴一副墨镜，身材苗条。太美了！这就是意中人！李翔用计算机跟踪追击，终于知道了她的家庭住址和电子信箱及QQ号。

李翔花了整整两天时间，写了一封热情洋溢的求爱信，并把自己的年龄、履历等情况发送到她的计算机上。

只隔了一日，她就回信了，计算机上显示出如下文字：“亲爱的李翔，你的来信读了，很让我感动，我今年一百三十四岁了，足以做你的奶奶的奶奶，所以，只能说声抱歉，请你继续努力寻找你的意中人。再见，我的小宝贝！愿缪斯永远宠你！”

刊湖北《科技信息报》1996年1月12日

智能时代

走出家门，他用手机照一下，门自动关闭、锁上。

这是一百二十八楼，来到电梯口，手机上显示：电梯在十楼，预计需要十分钟到达。

他无奈，来回踱了几步，掏出香烟，打火机早已淘汰，所有功能都在手机上，他拿起手机按了一下，预期的火苗没有燃起，却发出一个声音：“公共场所，禁止抽烟！”

气得他把香烟一折为二，狠狠扔在地上，手机里又传出声音：“请不要乱扔垃圾！谢谢！”朝两边望了望，没人，他弯腰捡起香烟，扔进电梯口的垃圾箱。

终于下了楼，他接连伸了两个懒腰。

哦，春天真好，阳光明媚！

一辆由机器人驾驶的轿车缓缓停在他面前，车门自动打开了，他却又改变主意，在手机上按几下，车门自动关闭，然后倒车，缓缓停入地下车库。

这是他的爱车，最新宝马车 21 系——×××007。

他要去参加一个同学会，地点就在“悠然南山大酒店”九十九楼，其实不远，隔了两条街，走过去的话，大约二十分钟。

十天没出家门了，他想走走，呼吸一下新鲜空气。

城市越来越繁华，大街上人来车往，热闹非凡。

有他认识的朋友，互相问声好，有他不认识的人，却有可能也是他的朋友。人的记忆毕竟有限，他的 333G 手机是最新配置，朋友圈里的朋友有两万多人，哪能全部记得住呢？

所以，手机必须时时拿在手里，有人走过来，只要远远的照一照，若不是他朋友圈里的人，手机上只会显示出此人性别是女，大概年龄段。若是他朋友圈里的人，手机上会立即显示出此人姓名、性别、年龄、职业、爱好等信息，一目了然，就不会认错了，避免了不必要的尴尬和麻烦。

又有一个朋友过来了，手机上的信息是：黄金水岸，男，二十五岁，茶商，喜麻将、彩票等。他记得他，是去年在普吉岛旅游时认识的，一问竟然是同城人，把他拉入朋友圈还有一个原因，黄金水岸的曾祖父姓黄、曾祖母姓金，于是有了这个独特的复姓“黄金”。呵呵，他的朋友圈中，还有肖李飞刀、洪颜如玉、金郁满堂等，而他的名字也独一无二，叫荣华富贵（他曾祖父姓荣、曾祖母姓华）。最大的益处是，同名同姓的概率大大降低了。

黄金水岸说：“好久不见，荣华富贵，最近忙啥呢？”

他回答道：“瞎忙呗，你呢？去哪？”

黄金水岸说：“去救场，麻将三缺一。”

他说：“那你忙吧，黄金水岸，有空咱再聊。”

告别黄金水岸，又有一人过来，不是朋友，但那人却认识他，说：“那个，你、你是荣华富贵？”

他说：“是，你是哪位朋友？”

那人连忙伸出手，说："我是高乔一郎，上次与一位朋友在酒店曾遇到过你，我朋友说你是搞信息的，我很有兴趣。"

荣华富贵握住高乔一郎的手，说："好呀，希望合作愉快！以后需要什么尽管说，先加个好友。"

两人互相加了好友，又互换名片。

他一看，高乔一郎的名片上印着：科技万能 L 有限公司。

智能时代，人人开公司，荣华富贵有一位朋友，一人注册了十五家公司，而常用中文字就这数千个字，为避免注册名称重复，许多人在注册时是中文与英文并用。荣华富贵的公司名称是"智能科技 G 有限公司"，G 是他名字最后一字拼音的第一个字母。

荣华富贵说："不巧得很，我要赶时间，去参加同学会。改天我们再聊。"

高乔一郎说："OK，改天聊。再会！"

告别高乔一郎，荣华富贵继续往前赶路。

又穿过一条街，远远地，就望见了"悠然南山大酒店"。

就在此时，迎面过来一个人。

这人穿着西装，戴一条藏青色领带，眼睛有规律地骨碌碌转动着。

小偷？荣华富贵第一个念头是：此人虽然穿着得体，但那双眼睛不怀好意。于是，他好奇地用手机照了一下，不由得大惊失色，手机上显示：智能警察！

智能高科技已经成功应用到各个领域，连机器人（便衣警察）也跟真人一模一样。

这智能警察手上也有一部手机，在扫描荣华富贵。

智能警察说："荣华富贵，男，三十一岁，智能科技 G 有限公司，涉嫌买卖公民个人信息罪，你给我站住！"

荣华富贵一听，撒腿就跑。

智能警察说："哟嗬，百米世界纪录保持者博尔特也就比我慢三秒，小样！还想跑？”一下追了上去。

荣华富贵拼足全力往前跑，心里想的是：哎呀，糟糕！平常不运动，缺少锻炼，跑不快，要是、要是长四条腿就好了！

刊嘉兴《烟雨楼》2019 年 4 期

发现世界冠军

比尔是 S 国的体育官员，S 国人口只有二十万，尽管 S 国经济不弱，但体育健儿不多，因此 S 国每次参加奥运会总是铩羽而归。比尔为此伤透了脑筋。他还特意率团访问了体育强国——中国，决定向中国学习，从基层抓起。

这天晚上，比尔在书房里写完工作日志，一看时间，体育频道的精彩节目已经错过了，他夫人独自一人在客厅里津津有味地看连续剧。比尔回到书房，目光最终落在书桌上一大沓碟片上，这些碟片都是各个学校自己拍摄的校运会比赛录像。比尔没时间去运动会现场观看，所以吩咐秘书，要求各个学校把拍摄下的运动场面剪辑后制成光碟，等自己空闲时看看，以备从中发现好的苗子。

比尔随手拿起一张碟片放进 DVD，画面上却出现一个四十多岁的长发男子，正朝自己挥着手，比尔疑惑地点燃一支烟，他长长地吐出一口，就在这时，他的眼睛不由瞪得像牛卵那样大，那长发男子在跳高，前方的标杆显示的竟然是三米！

比尔吃惊地瞪着画面，心跳加剧，他记得男子世界跳高纪录是 2.43 米，由古巴的索托马约尔于公元 1993 年创造的。

长发男子终于热完身，向目标冲刺，比尔忍不住叫道："起跳！"

长发男子一跃而起，竟然跃过了三米！

比尔终于发现了一个体育健将，虽然他年龄偏大了些，但看他起跳的身影，只轻轻一跃就跃过了三米，如果训练得当的话，应该还有提高的空间。

此人是谁？这碟片是哪个学校送来的？比尔兴奋得几乎一夜未睡。

第二天一早，比尔就带着碟片来到办公室，大家看完碟片后都振奋不已。下一届奥运会的跳高冠军非他莫属，不仅将打破世界纪录，还会令整个世界为之轰动！

比尔的秘书问道："这碟片哪来的？"

比尔说："还会哪来的？不是你从各个学校带来的吗？"

秘书疑惑地说："不会吧？虽然各学校送来的碟片我没一一看过，但这张碟片只有短短几分钟，怎么会这样？"

"这、这是有点奇怪，但这张碟片确实是哪个学校送来的。"比尔说："当务之急，是先找到这个人。"

通过种种努力，几天后终于有了结果，S 国确实有这么个人，秘书向比尔报告，比尔决定马上与秘书前去会会他。

车子一路前行，最终来到一所中学，比尔下车一看，不禁乐了，这不是自己夫人任教的学校吗？作为 S 国的体育官员，最后竟然在自己夫人工作的地方发现了体育健将。

校长得知消息，连忙跑出来迎接比尔，比尔握住校长的手说："中国有句话叫卧虎藏龙，哈哈！卧虎藏龙啊，这句话太有意思了。"

校长不知道体育官员来自己学校有何贵干，听了这话，更是一头雾水，只好说："欢迎阁下莅临本校指导工作。"

走进校长室，比尔就迫不及待地拿出碟片塞进DVD，刚按下播放键。比尔夫人急匆匆地进来了，"啪"地关了DVD，取出碟片，然后拉起比尔就走。

比尔说："你干什么？我在工作。"

夫人捂着嘴直乐，她拉着比尔来到轿车里，说："我知道你来干什么，那张碟片是我带回家的。忘了跟你说了，上面的人是我们学校的约翰老师。"

这时秘书也跟着上了车，比尔说："约翰老师？我怎么没见过他？"

"这学期他刚从外地调来，教体育的。"夫人说："约翰上个星期从月球旅游回来，这张碟片就是他自己制作的，我们学校的教师他每人送一张。"

"什么什么？"比尔听了这话，叫道："你是说，他跳过三米是在月球上完成的？"

夫人点点头。

"胡闹！你给我下车！"然后比尔冲司机说："开车！我们回去！"

秘书若有所思地说："比尔先生，您也别灰心，月球上的重力要比地球上小得多，因此轻轻跃过三米不过是小菜一碟，如果我们组织专家深入研究，在比赛时假如运动员的所有状态达到月球上的状态，那么世界冠军还是属于我们的。"

"这跟作弊有什么两样？"比尔听了这话更是生气，冲秘书说："冠军是靠毅力和勇气争来的，弄虚作假得来的冠军，是懦夫！更是一种耻辱！"

邯郸学步

序曲

有一个名叫邯郎的年轻人，满怀希望地外出学艺。原本雄心勃勃，不料外面的世界虽然精彩，却很无奈，要学的东西实在太多，等归来时仍然一事无成。他后悔地想，千里之行始于足下，还是应该从学步开始。于是，他把一切希望寄托在他的四个儿子邯邗、邯邡、邯郕、邯郸身上，希望他们有朝一日出人头地。

A

邯邗外出学步二载，归来时学会了跑，他跑起来真是快极了。邻居们见了，有说好的，有说不好的。后来还真有人跟着他学跑步，于是邯邗得意地说："想跟我学，要交学费的。"虽然收学费，但仍然有人想学。

B

邯邡外出学步三载，归来时学会了飞，他飞起来非常优美。邻居们见了，有说好的，有说不好的。后来有人想学，于是邯邡开馆授徒。

C

邯郸外出学步四载，归来时学会了跳，他跳起来很高也很远。邻居们见了，有说好的，有说不好的。后来有人跟着他学，于是邯郸非常得意。

D

邯郸外出学步五载，他是爬着回到家里的。邻居们都瞪大眼睛好奇地围住他，问道：“你外出学艺就学会这个？”邯郸昂起头说：“这是基本功呀。”望着人们一个个迷惘的样子，邯郸又说：“算了，跟你们一时也说不清。”邻居们都掩嘴窃笑，背后都说：“狗屁！好好的人样不学，偏要学狗爬！”于是没人跟他学。大人们往往在呵斥小孩的时候，都要加上一句：“再顽皮的话，赶明儿让你去跟邯郸学狗爬！……”

尾声

三十年河东四十年河西，邯郸早已不是以前趴着的那个邯郸了，你看他油光满面，挺着将军肚，而最引人注目的是两条腿又细又小——那是经常以轿代步的标志。邯郸没有收过一个徒弟，但他的徒子徒孙却多得数也数不清，不论在何时何地，总能遇上邯郸的徒子徒孙。据说著名的邯郸先生有一句至理名言，曰：先学狗模狗样，方为人模人样！

刊山东《时代文学》2001 年 4 期
刊江西《语录》试刊号（2009 年 11 月）

李逵与李鬼

梁山好汉招安后，李逵也做了县官。生活一旦安定下来，他常常想起早已葬身虎腹的盲人母亲，从没跟自己享一天清福，还有那个一直在乡下种田的大哥李达。有一回亲自去接大哥，想让他也来享享清福，不料李达对母亲之事一直耿耿于怀，不仅不领情，而且还将他骂了个狗血淋头。后来几次，是李逵派人去接李达，可李达宁愿守着自己的二分半田地，就是不愿意出山，还让人捎来话说："你走你的阳关道，我过我的独木桥。"李逵无可奈何，只好每每寄上些钱给他大哥李达，以表心意。

这天，李逵有事路经某地，碰上了李鬼，那李鬼假冒李逵之名到处打劫，遭殃的百姓敢怒不敢言，这事李逵也早有耳闻。

当李逵听到李鬼自称是"黑旋风"李逵时，当即气得七窍冒烟，他大怒道："光天化日下，竟敢假冒俺名行凶打劫，损俺英名！"

李鬼也是猛吃一惊，这真是冤家路窄，他赶紧扔了那两把木制的斧头，硬着头皮双手抱拳说："二哥息怒，小弟实在是因为无法维持生计了，才冒用二哥的名声出来拦道打劫的。"

"呀呀呀！气杀我也！"李逵一听更是来气，挥舞着双斧呵斥道："谁是你二哥？今天不杀了你，俺就不是李逵！"

李鬼见李逵来真的，吓得"扑通"一声跪倒在地，声泪俱下地说："二哥饶命！俺真是你同父异母的弟弟呀，不信的话你可以去问你母亲。对了，就连你哥，也就是我大哥李达也不知道这件事。"

李逵听了这话，顿时蒙住了，心想母亲早就让虎大虫吃了，还去问谁呀？他低头细看，那李鬼果然与自己长得有几分相像。李逵粗中有细，只见他眼珠骨碌碌一转，心想母亲在的时候可从来没对俺提起过还有这么个弟弟，又一想，这种事母亲怎么能对儿子说得出口呢？李逵当即没了主意。

李鬼晃眼瞅了一眼李逵，见他犹豫不决，于是连忙又添油加醋地说："俺早就有心想来投奔二哥，后来听说二哥你受招安当了大官，才不敢再来找你，怕俺这坏名声有碍二哥的前程。"

李逵将信将疑，扔了双斧对李鬼说："罢了！你先起来，想当年俺也是落草梁山为寇，所不同的是俺劫官府你劫百姓，还是俺宋大哥说得对，不论哪朝哪代，百姓永远是水，万万碰不得的。"

"对对，俺听二哥你的。"李鬼颤抖着双腿站起来，心想总算过了第一关，他装作关心的样子问道："二哥，母亲大人一向安好吧？"

提起母亲，李逵不由落下泪来，说："唉，都怪俺粗心，让那虎大虫给……给吃了。"

李鬼听了这话，心中大喜，这下可真是死无对证了。他闭着眼睛"啊呀"大叫一声，装着昏厥过去。

李逵手忙脚乱地抱住李鬼，又是掐人中，又是浇冷水，好会儿，李鬼才醒来。他一边号啕大哭，一边扑向李逵，像疯了似的又打又踢，嘴里还大叫道："你这二哥是怎么当的？你还我母亲！"

李逵这下相信了，若不是兄弟，就是吃了豹子胆也不敢打俺"黑旋风"李逵呀，看来这眼前的李鬼确是自己兄弟无疑了。他挥了一把泪，扶起李鬼，这时想起了大哥李达，自己招安做了官后，没能说服他跟自己享福，如今可不能再让这位李鬼兄弟吃苦了。于是李逵说："兄弟，看你每天日晒雨淋的也真不容易，这样吧，你随俺一起去，俺给你安排个好差事，享享清福。"

就这样，李鬼欢欢喜喜地回家收拾一下，携妻儿随李逵一起赴任去了，李逵果然给他安排了一个要职，每天吃香的喝辣的。最重要的是，大家都知道了李鬼是李逵的兄弟，因此人人都对他点头哈腰。李鬼的腰板渐渐挺直了，肚子也凸了出来，走路双手叉腰，更像李逵了，大家纷纷说："嘿！到底是亲兄弟，长得多像！"

不过，官场险恶，后来李逵被他最敬爱的宋江哥哥用毒酒毒死后，李鬼也带着妻儿悄然回到了家乡，过着安分守己的生活。

刊浙江《钱江晚报》2001年6月14日

脸

天亮了，蔡秀准时醒来，穿衣、打扮，一切按部就班。

然后去拿门背后的脸，蓦地发现，脸不见了。

糟糕，怎么会这样呢？难道昨晚没把脸挂上去吗？

这不可能啊，蔡秀一时乱了方寸。

在屋里转了两圈后，蔡秀还是决定去上班。

来到公司门前，保安李斌拦住了他，说："你找谁啊？"

蔡秀说："李斌，我是蔡秀啊。"

听了这话，李斌哈哈大笑起来，笑够了，才说："你？蔡总经理？"

蔡秀说："是，我就是呀。"

李斌说："别逗了，虽然你的穿着和蔡总经理一样，对了，声音模仿得也像极了，可你明明不是他呀。"

蔡秀说："我、我，哎呀，我真的是蔡秀呀。"

李斌说："好了，你快走吧，别在这里妨碍我工作。"

公司进不去，蔡秀什么事也干不成。

怎么办？蔡秀在原地转了两圈，对了，去市公司找任举。

于是，蔡秀伸手招了一辆出租车，直接去市公司。

市公司的保安也拦住了他，说："请出示身份证件。"

蔡秀刚想掏出身份证，一想，不对，身份证上的照片与自己的脸完全不同，保安看到，不是自找麻烦吗？

这么一想，蔡秀说："我先打个电话吧。"

蔡秀掏出手机，直接打给任举："任总经理，我是蔡秀呀，我在你公司门口，保安不让进……好，挂了。"

不一会儿，保安室电话响了，保安接了个电话，出来对蔡秀说："好了，你可以进去了。"

蔡秀说："好的，谢谢！"

蔡秀进了公司大楼，乘电梯直接到九十九层，任总经理的门锁上了，他敲了敲门。

门打开了，蔡秀一愣，说："你、你谁呀？"

话没说完，就被人一把拉了进去，又快速地锁上门。

"蔡秀。"那人说："我是任举。"

蔡秀说："你、你的脸……"

任举沮丧地说："早晨起来，发现脸不见了。好在我昨晚没回家，一直在公司里，不然的话，和你一样，进不了自己公司的大门。"

蔡秀说："怎么会这样呢？"

任举说："别着急，办法总是有的。"

蔡秀说："是不是哪个程序中了病毒？"

任举说："完全有这种可能。"

说完这句话，任举忽然想起了一个星期前，总公司董事长把他找去，说公司生产的YX稀有资源中缺少一种微量元素，而印度洋海底可能存在这种元素，因此H星球还会派一名工程师过来，一定要找到这种元素。

蔡秀说："那怎么办呀？"

任举说："少安毋躁，我先问问老大。"

蔡秀说："总公司的施进董事长？"

任举说："对啊，我一早就打他手机，却关机了。现在打他办公室电话。"

电话接通了，好一会儿才有人拿起电话机。

任举迫不及待地说："老大，我是老二，老三也在我这儿……"

电话那头说："老二？我听出来了，你是分公司的任举吧？"

任举说："你是……田秘书是吧？"

田秘书说："是的，我是田秘书。"

任举说："董事长呢？"

田秘书说："我刚接到电话，董事长昨晚从印尼回国，在机场被扣了。"

任举说："为什么被扣了？"

田秘书说："说是冒用他人信息。董事长让我马上去印尼的海滨旅馆，说、说把他的脸什么的找回来，我也不知道是什么意思。"

任举说："那、那你赶快去呀。"

田秘书说："去了也没用，找不回来了。"

任举说："为什么？"

田秘书说："你没看电视啊，今天凌晨四点，印尼那边发生特大海啸，整个海滨旅馆都被冲到了大海里。”

放下电话，任举和蔡秀面面相觑。

刊《浙江小小说》2018 年 1 期

X 星球公元三千三百年的一个午夜

月光如水般蔓延，正是午夜，X 星球上的公民们沉浸在梦乡之中。

一艘无声波飞船悄悄地降落在 IE 银行门前，宇宙惯犯卡尔一身黑衣黑裤，十分熟练地躲开了警报系统的扫描……

X 星球接近月球，是著名的旅游胜地，不仅风光优美，而且人民富有，素有“不到 X 星球，不算宇宙人”之说。卡尔却没来过 X 星球，上个月他持护照前来旅游，却被 X 星球检查中心拒绝，没下飞船就被驱逐，理由是 X 星球路无拾遗，夜不闭户，欢迎具有良好素质的各星球人士前来做客，而卡尔的护照上“个人素质”一栏上写着：“极差”。所以卡尔一直耿耿于怀，此次是为了实施对 X 星球的报复而来。据资料介绍，X 星球上的宇宙流通币都存放在 IE 银行里。

IE 银行的激光防盗设施是一流的，但卡尔略施小计，就使激光防盗设施失灵，然后，他从容地戴上白手套，打开了保险柜。

“啊！”卡尔不禁叫了起来：“这么多钱，到我孙子那辈也不用干活了。”

卡尔装好钱，从后门大摇大摆地出去。

不料，聪明反被聪明误，X 星球接近月球，警报系统在夜间对于白色最敏感，虽然卡尔早已使警报系统变成哑巴，但当他戴上白手套的刹那，警报系统又慢慢恢复所有功能，警察早已将 IE 银行围个水泄不通。

卡尔一出后门，就被戴上了手铐。

警官对卡尔说：“你不感到耻辱吗，卡尔先生？要知道本星球八百年来，从没有发生过一起偷窃案件。”

“请问警察先生，”卡尔满不在乎地说：“据我所知，X 星球上的法律从没有判过死刑，最高被判入狱八年，是不是？”

“是的，卡尔先生，看来你对我们 X 星球上的法律了解得真详细。”警官笑眯眯地回答：“但你有所不知，X 星球离月球非常的近……”

卡尔耸耸肩说：“是的，我知道，但那又怎样呢？”

“其实也没什么，不过你肯定不知道，本星球一天有三百六十个小时。”

“什么？!”卡尔听了这话，一下子瘫在了地上。

刊湖北《科技信息快报》1996 年 1 月 12 日

刊山东《齐鲁晚报》2003 年 11 月 23 日

收入《最受小学生喜爱的 100 篇奇幻故事》(华东师范大学出版社 2009 年 9 月)

收入《2009 年值得小学生珍藏的 100 篇奇幻故事》(华东师范大学出版社 2009 年 12 月)

苏轼题匾

大宋名士东坡先生在杭州做官，天天忙于应酬，诗酒之会不断，弄得他这个堂堂大诗人要与那些官僚名士“朝夕聚首”，疲于奔命，个中滋味真是苦得如入“酒食地狱”。俗话说官场如战场，稍有不慎便会官帽落地，有时还不知道是谁在背后悄悄放的冷箭呢。

话说东坡先生有一文友，姓甄名隐士，几次乡试名落孙山，便绝意仕途，学陶老先生“采菊东篱下”，寂寞地住在江南水乡青镇荷花塘畔。此地远离尘嚣，环境倒是十分幽静，是个休闲赋诗的好去处。甄隐士几次约东坡先生下乡游玩，可东坡先生整天忙于应酬，难得空闲，真是人在官场身不由己。

这一日总算得闲，东坡先生支开了秘书和司机，将这一消息告知好友甄隐士。放下电话后，东坡先生出了后门，一个人悄悄地来到车站，直奔青镇，避开了当地领导，少了迎来送往等一些繁文缛节，东坡先生喜悦之情自不必多说了。

却说水乡青镇的双桥堍有一家慈仁酒家，面朝清凌凌的青溪河，背向繁华的兴华路。酒家经理沈慈仁是个三十多岁的青年人，很懂经营之道。一走进酒家，便有一股淡淡的清香扑鼻而来，环境极其优雅，地面铺着米黄色人造大理石，桌子是红色的，仿古式太师椅上雕刻着图案，有许多盆景点缀其间。

沈经理的消息特别灵通，东坡先生前来青镇的消息被他知道了，便死磨硬缠着穷秀才甄隐士，非要让东坡先生来慈仁酒家用膳不可。沈经理肚里的小九九是，慈仁酒家一直缺少一块由名家书写的匾额，此次名声响当当的东坡先生来青镇，沈经理岂能放过这个千载难逢的机会？

水乡青镇自古钟灵毓秀，古建筑连成一片，适逢旅游开发，一些风景点陆续修缮、挖掘出来。甄隐士陪着东坡先生游玩得十分尽兴，时近中午，终于来到了慈仁酒家。脖子伸得老长的沈经理笑眯眯地引着两人走进“菊花厅”雅座间，打扮时髦的服务员马上笑盈盈地递上一杯菊花茶。

不一会儿，酒宴开始了，看得出厨师的手脚十分利索，娉娉婷婷的服务员进进出出，把色香味俱全的美味佳肴一份份端上来。

东坡先生什么样的菜没吃过？其实他来到水乡青镇不单是看望文友甄隐士，还有一个原因就是青镇乃竹乡，时令正是初春，竹笋刚上市。众所周知东坡先生爱竹，写过一首著名的《於潜僧绿筠轩》：“可使食无肉，不可居无竹；无肉令人瘦，无竹令人俗。人瘦尚可肥，士俗不可医；旁人笑此言，似高还似痴。”来到竹乡自然有新鲜的嫩笋可尝了，于是东坡先生打起精神指着头一道菜问道：“这菜叫什么？”

沈经理答道：“这是‘夫妻肺片’，来，请品尝。”

“哦，”东坡先生微微一怔，轻轻夹一块肺片，说：“为何要叫‘夫妻肺片’？”

“这个、这个……”沈经理支吾道：“敝店是雅俗共赏，仁者见仁，智者见智，东坡先生，再尝尝这个——‘少女发丝’。”

东坡先生只好耐着性子等待着他钟爱的青笋烧肉早点上场，但接着上来的是“炒心肝”“小毛头炒菜”“婆婆豆腐”“肥肠煲”等八道菜，就是没有笋烧肉的影子。东坡先生又不好明说，客随主便，不能喧宾夺主，于是只顾低头喝酒。沈经理一看冷场了，气氛有些不对劲，他忐忑不安地想，是哪个环节出了纰漏？还是哪句话语犯了大忌？他眉头一皱，望着一桌子热气腾腾的菜说：“你们慢慢吃，那边还有几桌客人我去敬一下酒。”

沈经理走出“菊花厅”，这才掏出手帕擦擦额上的汗珠。

半小时后，甄隐士喊服务员结账，服务员回答道：“经理说不必结账，他请二位的。”

东坡先生听了这话一愣，“哦”了一声，问甄隐士：“经理是你朋友？”

甄隐士摇摇头，两人走出雅间，沈经理快步迎上来，轻声问道：“能不能请东坡先生为敝店留下一幅墨宝？”

东坡先生这才恍然大悟，望望沈经理，爽快地说：“好吧。”

沈经理大喜，忙喊服务员准备笔墨和宣纸。

东坡先生握笔在手，扭头问沈经理：“写什么？”

沈经理忍住心中的喜悦回答道：“就写店名——‘慈仁酒家’。”

东坡先生听了这话，忽然哈哈大笑起来，笑得一旁的甄隐士和沈经理莫名其妙。东坡先生捋着胡须说：“名副其实，真是名副其实呀！”边说边把笔蘸满墨汁，略一思索，然后“唰唰唰”一挥而就。

写毕，把笔一扔，双手背后，昂然跨出酒家的大门。

沈经理舒了口气，满脸兴奋地上前看“墨宝”，蓦地，他惊住了，那龙飞凤舞的四个大字分明是“食人酒家”！

陈林的别墅

陈林怎么也想不通，小虹会变心。

小虹说："你有钱吗？你有洋房、汽车吗？"

陈林无言以对。

陈林在一家公司打工，父母都是工薪阶层，过着普通人的生活。

其实认识小虹也不是一天两天，而是整整三年，一千多个日子，也曾经在花前月下海誓山盟，可最近小虹却对自己有些冷淡。

陈林知道，自从小虹换了工作后，受环境影响，思想也发生了变化。

小虹现在工作的地方是一家大型休闲中心，能出入其中的并不是一般的普通百姓。

小虹说："过日子没钱怎么行？难道喝西北风？"陈林一听这话就烦，现在的女孩怎么都成了物质女孩？

不过，他一想也对，恋爱时只求浪漫，而过日子却必须面对现实。

陈林对小虹说："行，你等着！你想要的我给你！"

第二天，陈林消失了，连手机也关了。

小虹找不到他，就有些担心。

一个月后，陈林开着一辆"法拉利"来到小虹工作的休闲中心。

小虹见到陈林，一愣。

陈林穿着笔挺的西装，皮鞋锃亮，只是，人瘦了一圈。

陈林拉着小虹就走。

陈林开着“法拉利”带着小虹来到一幢别墅前。

陈林说：“这就是我们的家。”

这一切来得太突然了，小虹简直像做梦一样。

陈林说：“从今天起，你不用再上班了，我每个月给你五千元零用。”

小虹终于得偿所愿，她把工作辞了。

家里有保姆，小虹啥事也不用干，吃饱喝足后，就躺在沙发上一边看电视一边画眉毛涂嘴唇。

只是，陈林从不走出别墅的大门。

小虹说：“你整天躲在家里，难道……”

陈林说：“你想要的生活已经达到了，其他的就不用管了。”

小虹说：“我是你恋人，我有权知道你的一切。”

陈林说：“你知道的越少越好。”

陈林不说，小虹越想知道。

于是，小虹打电话问陈林的所有朋友，结果是，谁也不知道。

这天夜里，小虹做梦了，梦里被人追杀，跑得气喘吁吁。

小虹开始担心了。

陈林一如既往，在阳台上喝茶抽烟看报，就是不出门。

小虹说：“告诉我吧，别墅、汽车哪来的？”

陈林跷起腿朝天喷着烟圈，悠然地说：“你不用知道。”

小虹说：“可是，用你的钱我觉得不安心。”

陈林说：“你是嫌少？好吧，从下月起我给你一万零用钱。”

小虹说：“我不是这个意思。”

陈林说：“那你是什么意思？”

小虹说：“你现在不上班，你的钱到底是怎么来的？”

陈林说：“这个你不用知道。”

小虹说："可是我担心你！"

陈林说："我没事。"

问了几次，陈林都说没事。

小虹真的害怕了。

这天夜里，小虹又做梦了，梦里依然被人追杀，追她的人拿两把刀，小虹拼命地跑，跑得气喘吁吁，连两只鞋也不知甩在了哪儿。

醒来，一身冷汗。

小虹担心的是，陈林消失的那个月，是不是去抢了银行？

陈林却一如既往，每天在家里喝茶抽烟看报，就是不出门。

小虹说："我不要过这种担惊受怕的日子了，我要回家。"

陈林说："富人的日子就是这样，你难道不想过富人的生活？"

小虹坚定地说："我情愿过普通人的生活，再也不想过富人的生活了。"

陈林说："那好，我们离开这儿。"

小虹跟着陈林缓缓走出别墅。

陈林说："你不后悔？"

小虹紧紧地攥着陈林的胳膊，说："只要跟你在一起，我不后悔。"

第二天，陈林就去一家公司工作，小虹也去一家服装公司打工。

不久，小虹终于知道，那幢别墅是陈林一位朋友的小叔的，他去国外留学了，陈林与朋友把别墅装饰一新，还请了一位保姆，又租了一辆"法拉利"。

现在别墅对外出租，租给那些想过一过富人生活的恋人们。

生意居然出奇的红火，谁不想过富人的生活呢？

但小虹不想，不是自己的东西，又何必强求呢？

小虹只想平平安安地生活。

刊广东汕头市《濠江》2012年第1期

网恋

我的网名叫蓝天魂，常常游荡在网上。那天在聊天室里偶然遇见了一个女子，让我的眼睛不由一亮，就像黑暗中忽然见到亮光一样，因为这女子的网名就叫白云飘，哈，太有趣了！蓝天魂与白云飘，不就是天生的一对吗？

我马上锁定目标，并把这一想法发给她，没想到她竟有同感，还把她的QQ号告诉了我，迫不及待地加上好友，我们就聊了起来，大有相见恨晚之意，就这样两颗年轻的心渐渐靠拢。两天之后，我俩便在虚拟网络上正式恋爱。

我俩无话不谈，俨然成了一对心心相印的恋人，甚至还谈论起了婚事。我们的观点竟然一致，认为婚前不去好好旅游一番的人肯定是傻瓜，外面的世界多精彩啊。白云飘想去的地方是北京、广州，或者上海，而我则向往“五岳”，在大城市和名山之间，我们各说各的理，争得昏天黑地，不分胜负，最后不欢而散。

几天后，我们又相约走进一个虚拟的网络游戏里，那游戏就是关于旅游的。经过一番唇枪舌剑，我们终于达成一致，去一个还未开发的原始森林，过一下返璞归真的生活。到达目的地，下来一看，果真是原始森林的味道，不但人迹稀少，而且还有野兽成群出没。

我们手拉手走了半天，最终却迷了路，茫茫天地间只有我们二人。一路上危机四伏，险象环生，防不胜防。好在我俩心往一处使，一次次战胜了困难，排除了危险，最后终于爬上了一座叫不出名的山。山顶上有一座庙，庙里只有一个老和尚，白发飘飘，深邃的目光充满玄机，这老和尚是指点迷津的世外高人。在庙里还有着一条神秘的时间隧道，能知晓人的前世与来生。

我这人生来好奇，想探个究竟。这时候我和白云飘出现了分歧，她说："今世我们相爱，何必要知道前世与来世呢？"

我不妥协："知道一下又何妨呢？"

白云飘提高音量说："你会后悔的，如果你一意孤行的话！"

我不听她的劝阻，义无反顾地钻入了那条时间隧道，老和尚双手合一，闭着眼说："往东就是你的来世，往西是你的前世。"

我把鼠标指向东，就在这时候游戏突然中断。

两人游戏只能两人同时进出，白云飘退出了游戏，我只好无奈地跟着退了出来。再呼叫白云飘，她却关了QQ，不理我了。过了好久，白云飘才发送如下文字："我越来越不了解你了，你为什么这么固执？"

我反问："是你固执还是我固执？"

白云飘说："咱俩性格不同，还是拉倒吧。bye—bye！"

我想说我们为什么不能重新开始呢？但白云飘已经下线，并从此消失。

刊浙江《青年时报》2003年5月29日

行为艺术大师鲁智深

游僧鲁智深喜欢这种生活，居无定所，四海为家，这寺对他好便多住些日子，那院不好拔腿便走。而出了寺院，那更是另一番景致，一路上有酒吃酒，有肉吃肉，岂不快哉？这种逍遥的日子，恐怕就连神仙也都羡慕。

鲁智深先前做过梁山好汉，路见不平一声吼，该出手时就出手。俗话说人怕出名猪怕壮，譬如那个山阴的陶庵老人，就说：“和尚斗气，皆其（鲁智深）高弟。”张岱老先生大概酒喝多了，看见和尚打架斗殴，就一股脑儿算在洒家头上，其实洒家从没正儿八经收过一个徒儿。

一晃多年过去，这日，鲁智深在路上碰到一个小僧，那小僧告诉他，说东京大相国寺里有一封书信是给他的，好像是从梁山捎来的。鲁智深心想，梁山捎来的，那一定是宋江宋大哥，难道宋大哥有事找洒家？

不日，鲁智深风风火火赶到东京，走进金碧辉煌的大相国寺。早有小僧通知智清方丈，智清方丈把一封书函交给鲁智深，说：“智深，这书函放在寺内已有些时日了，因一时找不到你……”

鲁智深顾不得智清方丈把话说完，火急火燎地撕开信封，抽出一看，原来是梁山市将举办“首届梁山行为艺术节”活动，特邀请鲁智深大师参加，信是“首届梁山行为艺术节”组委会写来的。鲁智深没这耐性将内容全部看完，便把信撕得粉碎，扔在地上，然后拍拍手对智清方丈说：“洒家哪有空去参加什么行为艺术节，理也莫理他！”说罢大踏步出寺而去，智清方丈望着鲁智深渐离渐远的背影，兀自摇了摇头，说："这么多年过去，竟还没一点长进，阿弥陀佛。"

半月过后，鲁智深在嵩山游玩，这晚却在电视中见到一档节目："鲁大师倒拔柳树。"那个假鲁智深是个彪形大汉，光头，只见那厮左手倒提一把禅杖，像个小丑似的围着柳树转了三圈，然后扔了禅杖，往左手心里吐口唾沫，双手搓了几下，抱住柳树发一声吼，那柳树竟被他连根拔起了。看到最后，鲁智深才明白，那节目是梁山电视台录制的，说是为配合"首届梁山行为艺术节"活动而摄制的，鲁智深被聘为艺术节的形象大使。鲁智深看完电视，拎着酒坛想找人理论，却没人愿听他唠叨。鲁智深转念一想，罢了罢了，人家是宣传自己，不过，话又说回来了，洒家没这么年轻，也不是左撇子呀。

不料，第二天晚上，鲁智深又在电视中见到了那厮，这是一家省级电视台，披露梁山电视台的"倒拔柳树"是假的。视频中那厮双手搓了几下，然后抱住柳树发一声吼，这时镜头慢慢往后移，赫然见到柳树旁有一架大吊车，正配合着那厮的吼叫声，把柳树连根吊了起来。鲁智深看到这儿，不由得大怒！这不是毁洒家的形象吗？是可忍孰不可忍！鲁智深决定去梁山讨个说法。

鲁智深立刻风尘仆仆地赶往梁山，不料，"首届梁山行为艺术节"已经圆满结束了，鲁智深辗转打听，终于找到了组委会。主任见到他，连忙让座递茶，副主任却倒了一碗香气四溢的梁山好汉酒，说："听闻鲁大师从不喝茶，只喝酒。这是我们梁山品牌——梁山好汉酒。"

鲁智深见主任副主任如此热情，一时又不知怎么开口，呆了半晌，鲁智深最终把那意思说了。没想到主任一点不急，说："鲁大师啊，你说个数，我们赔钱吧，不过你要去法院告我们。"

鲁智深连忙摆手道："其实洒家不是这意思，洒家只想讨个说法。"

主任望着鲁智深说："没有说法，只有上法院。"见鲁智深犹豫不决，主任又说："告我们吧，求你了。"

鲁智深奇怪地问道："这又是为何？"

主任喝一口茶，说道："实话实说吧，我们这次举办的首届梁山行为艺术节，对外来说并没有多大的影响，但如果鲁大师去法院把我们告了，那么鲁大师更出名了，而我们首届梁山行为艺术节也跟着沾光，这就叫互惠互赢，说不定还可以青史留名。"

鲁智深没想到会是这个结果，尴尬地站了一会儿，就提出想见见那个假冒者，主任说："没这个必要吧？其实他早已经离开梁山了。"

这下鲁智深没辙了，拿起桌上的酒一口喝了下去。哇！65度白酒，爽！转了两圈后，鲁智深又问道："洒家只想知道，这、这行为艺术到底是个啥名堂呢？"

主任搔搔头皮说："行为艺术呢，意思很深，包含更广，简单地说吧，比如大师你，虽遁入空门却不戒荤腥，这是反寺规艺术；倒拔柳树，这是对人类乱砍滥伐树木的无情鞭挞，等等等等，都是一种行为艺术。"

鲁智深听了这话，更加疑惑了，那日倒拔柳树，明明是为了去掉乌鸦的聒噪，怎么这也成了艺术？

刊安徽省宿州市《大泽文学》2008 年 12 月（总第 111 期）

铁罐时代

公元二十四世纪，人类赖以生存的地球遭到了前所未有的环境污染，大气层散发出阵阵又酸又涩且带有动物腐蚀的气味，地球上到处弥漫着死亡的气息。所有的色彩都变成了灰色，无论你站在什么地方，只要抬眼一望，便会看到灰蒙蒙的天空下，灰色的楼房、灰色的街道、灰色的人群……就连太阳光穿透厚厚的大气层所映射的光也是灰色的。

许许多多的动植物濒临灭绝，巨大的灾难正毫不留情地向人类一步一步逼近。人们惊慌失措地在灰色的旷野里疲于奔命，结果徒然。人类的生存问题，摆在了全球科学家们的面前，经过紧急磋商，科学家们决定联合起来，并且马上投入工作。他们钻进实验室，夜以继日、反反复复地研究和论证，试图挽救即将走向毁灭的地球。

然而，环境污染日趋严重的事实，令科学家们瞠目结舌，实验连连受挫，比意料的还要严重。科学家们终于感到了束手无措的滋味，因为冰冻三尺非一日之寒，要在短时期内排除所有污染，就像天方夜谭一样。又经过数星期的努力，科学家们彻底绝望了，他们颓然地走出实验室，心情无比沉重地来到会议室讨论。一些美洲科学家，甚至已经拟好了一份致地球上所有公民的公开信，信中说：地球的上一次劫难使恐龙灭绝，而此次劫难却是由我们伟大的人类自己造成的，其后果远比上一次严重，将会使人类灭绝，尽管我们努力挽救，但前景仍是无法改观。鉴于此，现在就让我们一起祈祷吧，静静地等待着那一刻的到来……

几位欧洲科学家暴跳如雷，擂着桌子指责一些大量排放污水污气的化工厂：“罪恶的工厂！你们将付出沉重的代价！”

这时，一位来自中国的科学家从座位上“霍”地站了起来，对大家说：“各位先生，现在不是诅咒漫骂的时候，我们中国有一句古话，叫作‘世上无难事，只怕有心人’，与其在这里坐以待毙，还不如去实验室努力工作，哪怕是只剩下最后一个人——一切为了人类的生存而奋斗！”

他的话音刚落，马上响起了“噼噼啪啪”的掌声，全场气氛瞬间沸腾。

科学家们精神抖擞，调整思路，团结一致，重新投入新的研究课题中。他们决定兵分两路，一路继续整治环境污染，另一路把重点放在研制防毒器具上。

不久，科学家们终于研制出了一种防毒器，这种防毒器类似于真空包装，所不同的是防毒器用新型钢铁材料制成，分量当然要比塑料重，里面储存着足够的氧气，如铁罐似的，把人密封在里面，与外界的污染隔离开来。

于是，人类继续在地球上艰难地生存着。

自从戴上防毒器后，给人们的生活，相应的带来了诸多的不便，譬如：工作时间不得不缩短，效率自然低了；人们用于上下班路上的时间大大增加了（一切有毒有害或者排污的交通工具、工厂等等，在科学家的呼吁下皆已停运或关闭）；居室面积也不适应，每个人戴上防毒器后有两米高，而且臃肿，狭小的街道只能容一人通过……

科学家们依然在实验室里为环境污染、生态平衡等迫在眉睫的问题，进行着不懈地努力和拯救。

经过相当长时间的奋斗，到二十五世纪初，人类终于摆脱了环境污染的侵袭，地球重新回到了春意盎然、阳光明媚、万物生长、小鸟欢唱的时代，人们也摘除了身上沉重的防毒器。

在以后的一切史书上，都把地球的二十四世纪称为“铁罐时代”。

刊湖南《科学启蒙》2004年11期

收入《把车停在22世纪》科幻故事白金版（江苏教育出版社2011年4月）

二十五世纪爱情

我家的农场有一千多亩，只有我和老爸两人管理。

老爸说，这么大的地，再找几个人来管理吧。

我对老爸说，现在哪还有人愿意来管理田地的。

自从人类掌控了整个宇宙后，经过一番探索、论证、模拟，发现不少星球都适合人类生存。

于是，人们纷纷移居外星球，去开创新的世界。

老爸和我一样，在地球上住惯了，不想去外星球生活。

老爸说，那快点找个媳妇吧，过了年你就三十五岁了。

其实这事我也着急，一个月里接连相亲了十次，其中有六次没对上眼，一次（因为我迟到）连面也没见着，还有三次对上了眼。我领回家后，老爸却一个也没看上。

我问老爸，您心目中的标准儿媳妇到底应该是怎样的？

老爸扳着手指说：“第一要温柔体贴，第二要知书达理，第三要端庄稳重，第四会洗衣做饭，第五身体要健康，不要像你妈那样走得早，这第六嘛，俗话说好女人是一所好学校，要是找的不好……”

我打断老爸的话，说：“OKOK！我知道了，明天就给你找一个这样的儿媳妇。”

第二天，我领着飞飞进门。

飞飞是第五代智能机器人，跟真人一模一样，最近的电视里每天都在做广告，老爸也知道这事。

这回老爸好半天没言语。

我忍不住问：“老爸，你觉得飞飞怎样？”

老爸知道我爱开玩笑，就幽默地说：“嗯，条件倒是蛮合适，可就是不能生孩子。”

又过了一天，我拉着跃跃回家，进门就对老爸说：“老爸，你就把跃跃当孙子得了。”

老爸一看，差点闭过气去。

跃跃是个小机器人！

刊江苏《金山》2013 年 2 期

化妆师小宋

小宋是一位化妆师，主要给新婚夫妇化妆，手中一支笔出神入化，能将一朵狗尾巴花描绘成牡丹。

这晚，小宋喝了点酒，脑袋迷迷糊糊，倒水洗脸，一不小心，手臂被开水烫了，疼得他龇牙咧嘴。

小宋终于成名了，他新创了一种化妆术，叫“化妆烫”，用蒸气烫成各种图案，再绘上色彩，绝了。网络水军及时嗅到了商机，再次找到他，展开第二次合作，八折优惠。不久，搜索引擎上出现了新名称：化妆烫，即新型化妆术，一般的化妆最多一上午时间就会花了；文身，是永久性的；而化妆烫居于两者之间，用了蒸气烫，图案可保持十天半月，是女性朋友最理想的化妆术。

小宋是开创者，注册了商标，申请了专利，名利双收。不过，化妆烫也有弊端，各人的喜好不同，有的化妆烫在脸上，有的在手上、腿上，还有的在肚皮上、后背上，而各人的体质更是不同，有些引发了皮肤溃烂，这下摊上事了。这个找他要赔偿，那个更凶，非要他把自己的脸皮割下来按在她脸上，小宋吓得拔腿就跑……哎哟哎哟，疼！

“你哇啦哇啦的干什么？”妻子揪住小宋的耳朵叫道。

哎呀，竟是南柯一梦。

天已大亮，小宋起身去洗盥室，昨晚烫伤的手臂有些红肿，他拿起化妆笔涂抹一番，就变成了一朵向日葵，那簇簇的葵花，叶如蒲扇，花若金盘。

妻见了，说：“你手臂上的太阳花画得不错呀。”

小宋听了，一下子把口中的面包喷出来，说：“什么呀，我画的向日葵？这是我尝试的新型化妆术，名叫‘化妆烫’。”

妻拿起手机左拍右拍一番，不由点头赞道：“嗯，这么一化妆，还真是好看！”

傍晚，妻下班回来，后面跟着一群女孩。

妻说：“我发在朋友圈，大家都说好看，这不，她们都想体验化妆烫。”

小宋一看，扔了化妆笔，急忙跑出门去。心想，自己这么随便一说，她还当真了，化妆烫、化妆烫，哪能这么容易呢？要是出点纰漏，她们闹腾起来，还不把我的皮给扒了？得，还是找个地方喝酒去！

刊嘉兴《南湖晚报》“杂的文”副刊 2019 年 2 月 15 日

郑人骑马

郑国有一位名叫郑人的汉子，他胆小谨慎，脾气却极其固执，他认定的事就是十八匹马也休想拉他回来。当初郑人上街买履只信尺寸，而不相信自己的脚，事后受尽了人们的嘲笑和奚落。他一气之下，索性弃田经商。做什么生意呢？当然是鞋子生意，按郑人的讲法，这就叫从哪里跌倒就从哪里爬起来。几年下来，日子倒也过得有滋有味，手头一阔绰，弓腰弯背的郑人昂起了头，腰板也挺得像树一样笔直，一副暴发户的模样了。

有一天，郑人看到别的老板有几个钱就去买马，趾高气扬地骑在马背上溜达，出尽风头。郑人心中就思忖开了，怎么说自己也是个不大不小的老板了，别人能骑马风光，我何不也去买一匹马，过过这把瘾呢？

主意一定，郑人就毫不犹豫地去了马市场，挑了一匹威风凛凛的健壮马牵回庄园。

晚上，他心满意足地蹲在一旁抽烟，一边吩咐老婆给马喂草，想到明天自己也可以风风光光地骑在马背上从东街溜达到西街，不由嘿嘿地笑出声来。

第二天一早，郑人兴高采烈地把马牵出庄园。当他刚跨上马背的时候，这匹马仰天咆哮了一声，吓得他从马背上一头栽了下来。

郑人爬起来，不甘心地拍拍马的脖子说："朋友，你怎么这样对待我呢？"说着又要跨上马背，可一连几次，郑人都被马毫不留情地甩了下来，惹得郑人横眉鼓目，扬起鞭子就想抽打。这匹烈马见到了高举的鞭子，没有屈服，反而被激怒了，两鼻孔喷出热气，冲着郑人咆哮一声，再次扬起前蹄，吓得郑人心跳如鼓，扬起的手一个劲地颤抖着，最后连鞭子也掉在了地上。

这时，正巧旁边有一位绅士骑在马背上闭着眼优哉游哉地走过，郑人扭头一看，恍然大悟，火气也随之烟消云散。原来郑人看到别人的马都钉有马掌配有马鞍，而他的马刚买回来，光秃秃的一点行头也没给它配上，郑人心想难怪马儿要怄气了。

郑人当即就决定给马配一副最贵的马鞍，他牵着马慢悠悠地回到庄园，吩咐老婆先喂马，再把软尺找寻出来。

郑人吃过早饭，当他给马量尺寸的时候，不知为何，他忽然间又想起了以前买履的事情，于是不由自主地瞅了瞅自己的脚，朝地上啐了一口，心想这回可不能再做蠢事了，得，干脆连马一块牵去好了。

可是这匹马在吃饱喝足以后就不想走了，郑人抽着烟，围着马一连转了三圈，终于有了一个好主意。

郑人借来一辆大板车，把马牵上去，然后自己吃力地推着车去给这匹马配马鞍。街上的人见了，好奇地围上来盯着郑人，问道："这匹马是不是病了呀？"当他们得知郑人推着车是给马儿去配马鞍时，一个个都忍不住捂住肚子哈哈大笑起来。

有个名叫张三的人好心地对郑人说：“老兄啊，这马是给人骑的，你怎么让马乘车，自己反而推车呢？”

郑人擦了擦满头的大汗，理直气壮地对张三说：“马不让我骑上去呀，所以我决定从现在起对它好一点，给它配马鞍钉马掌，等它知道我对它那般好的时候，它就会让我骑上去了。”

张三听后，瞪大眼睛对郑人说：“你这番理论我倒是头一回听说，不过马不是人，得用鞭子驯服它以后才能骑上去的。”

郑人听了连连摇头道：“不可不可，怎么能这样对待它呢？俗话说马是人类的朋友，你说朋友之间能用鞭子抽打吗？”

张三迷惘地望着郑人，像看一个怪人似的，然后耸耸肩走了，一边还自言自语地说：“这老兄买马回来，是为了骑马还是供马？”

郑人的行为不久被一个民间组织的“保护动物协会”知道了，他们把本年度的“仁慈奖”颁给了郑人。

后来，又有一个什么组织的协会把该年度的“和平奖”颁发给了郑人。

郑人用这些奖金又买回好几匹马，给马儿们钉上最好的马掌，配上最贵的马鞍。不过，说来遗憾，郑人至今也没有堂堂正正地骑过一回马，因为他的马都不愿意让郑人乘坐上去。

刊湖北《古今故事报》2000 年 10 月 16 日

美丽的邂逅

一

青山连绵起伏。溪水潺潺。

树枝上一对喜鹊对着他叽叽喳喳叫个不停。

听老人们说，遇见喜鹊就有好事。

他苦笑一下，还能有什么好事呢？他每天忙得像飞旋的陀螺。

他擦了擦汗，继续砍柴。

他家境贫寒，幼年丧母，与父相依为命。

可世事难料，不久，父亲又病重去世，年少的他无力营葬，最后只好卖身葬父。

就这样，他来到傅员外家做长工。

天没亮就起床放牛，放完牛又下田劳作。一直到太阳将要落山，傅员外又让他上山砍柴。

把柴捆扎好，他有些累，便来到那棵树冠如蓬、满身披绿的槐荫古树下小憩。

他竟然睡着了，而且还做了个梦。

梦中一个慈眉善目的老者把一根红丝带系在他的手腕上。

他甩了一下，没甩脱。

他说："老爷爷，你为何要用红丝带绑住我呀？"

老者的胡须全白了，一直垂到胸前。

老者说："小伙子，你的好运就要来了。"

他拉住老者的手，老者还一个劲地冲他笑。

他一下醒来，发现手腕上有一圈淡淡的印痕。

他揉揉眼睛，再仔细一看，印痕又消失了。

站起身来，他活动一下手脚，然后挑着一担柴，缓缓走下山去。

二

湖，隐在两山之间，清幽而旷远。

两岸绿树翠蔓，景色清奇。

更远处，是古木修篁的山峦。

站在湖边，但见碧波荡漾，莲荷飘香。

她陶醉于这湖光山色中，伸出双手说：“这里清静优雅，堪比人间仙境，真是个好地方。”

三姐听了这话，就取笑她说：“七妹，那你就留下来吧。”

她说：“好啊，三姐要是想我了，就到这儿来找我。”

六姐悄悄对三姐说：“你就别逗七妹了，她最近总是看人家男耕女织的生活，还傻傻地笑。”

大姐捡起一粒小石子，扔向远处的湖面。

扑通一声，惊起了湖面上成双成对的鸳鸯。

她说：“众位姐姐，我们快下河沐浴吧。”

于是，纷纷解开莲花裙，跃入水中，尽情地游水嬉戏。

三

清冽冽的湖水，滑滑的、暖暖的。

她畅游其中，玩耍嬉戏，一个转身，游向远方。

当她疲惫地游回来时，才发现，姐妹们都走了。

她有一丝惊慌。

远处，他挑着一担柴过来。

他见到湖里的她，说："姑娘，天色已晚，快回家吧。"

她焦急地说："我、我回不去了。"

他缓缓放下柴，向她伸出手，说："不管什么事，总会有解决的办法，先上来吧。"

她羞涩地把手递给他，说："谢谢你，大哥。"

蓦地，他见到姑娘的手腕上系着一根红丝带，跟他梦中的红丝带一模一样。

一瞬间，他想起了刚才梦中老者的话，不由红了脸。

他说："姑娘，你叫什么？"

她说："我、我叫七仙女，你呢？"

他回答道："董永。"

刊《浙江小小说》创刊号（2016年6月）

忘情水

"无忧诊所"的王强医师是一位心理学专家，主要以科研攻关为主，同时兼顾心理门诊，每天上门的顾客寥寥。

这天，"无忧诊所"进来一位满脸倦容的少妇，看年纪不过三十多岁，打扮得珠光宝气，一头波浪卷发乌黑发亮。她是王医师的老同学李晴。在前不久的一次同学聚会上，王医师喝醉了酒，向各位老同学透露出自己的科研成果即将试验成功，那是一种使人喝下后能忘记一切的液体，暂名“忘情水”。李晴就是冲着“忘情水”而来的。

听完了李晴的叙说，王医师把头摇得像拨浪鼓：“不不不，我研制忘情水主要是科研攻关，不是用来对付人类的。”

李晴说：“王医师，求求你了，在这个世界上谁也帮不了我，只有你能够帮我走出目前的困境。”

王医师对她说：“不是我不想帮你，这种忘情水我还刚研制出两小杯，但决不能用在人身上，这是我们每个医务工作者最最基本的职业道德。”

李晴满脸泪水，“扑通”一声跪在了王医师面前。

王医师无可奈何地叹一声，拿出“忘情水”，说：“你最好再考虑一下，这不是闹着玩的事。”

李晴接过一杯“忘情水”看了看，眼睛里就像喷出火来似的，说：“我不能容忍他跟其他女人鬼混！”

李晴说的是自己丈夫赵林，他是一家公司的总经理。

王医师摇了摇头，望着李晴走出了“无忧诊所”的大门。

一星期后，王医师研制出“忘情水”的消息不胫而走。

“无忧诊所”突然顾客盈门，来的都是些三四十岁的少妇，看衣着打扮就知是一些“贵夫人”。王医师的助手孙小姐手忙脚乱地应付众人，连连说：“对不起，本诊所不出售忘情水。”

“为什么不卖忘情水？”一位贵夫人说：“我愿意出高价！”

“对，”又一位说：“叫王医师自己出来！”

吵吵嚷嚷中，只见从外面又匆匆走进来一位，排开众人，对孙小姐说：“我是李晴的妹妹李萍，我要见王医师。”

孙小姐说：“他不在。”

“那我在这里等他。”李萍焦急地说：“今天我一定要见到他。”

孙小姐盯着李萍看了一会儿，说："请跟我来，到里边来等他吧。"

李萍走入里间，却发现王医师正坐在椅子上，李萍忙奔了过去："王医师，快给我一杯生情水吧，我姐她误喝下忘情水后，连我是谁都不知道了。"

孙小姐冲一杯咖啡递给李萍，一边回答道："对不起，李小姐，生情水还没研制出来。"

"那怎么办？"李萍非常痛苦地说："我姐把一切都忘记了。王医师，您跟她是多年的老同学，快救救我姐吧。"

"你别叫了，李小姐。"孙小姐说："王医师自己也忘了一切，他误喝下另一杯忘情水。"

"什么？"听了这话，李萍不由得惊叫起来："那生情水就没人能研制出来了？"

"我想，总有人会研制出来吧。"孙小姐缓缓地说："不过是时间的问题。"

不久，"无忧诊所"关门大吉。

王强和李晴几乎是在同一天被送进了福利院。

一个月后，孙小姐终于披上了幸福的婚纱，走进教堂，那新郎就是赵林。

教堂门口，李萍把枪口对准了孙小姐。

刊山西《百花》1998 年 1 期

孔融后传

孔融从小聪明透顶，这就不用我多说了，我要说的是他长大后，却最终没能考上大学，高中毕业后就进了一家工厂。在工作中他一丝不苟，始终严守质量关，因此年年都被评为先进工作者。

到了该恋爱的年龄时，孔融认识了一位漂亮的女朋友。有一天与女友上街，逛了许久后女友玩累了，就坐下来休息。孔融见到不远处有个卖梨的水果摊，连忙跑过去买梨，可是一摸口袋才发现钱不多，于是他只好买了一大一小两个梨，他早已想好了，大梨给女友，自己吃小梨。

当他拿着两个梨汗津津地折回来时，却发现女友身旁多了一个人，谁？未来的丈母娘也出来逛街，正好遇上了女儿。这一下孔融可傻眼了，三个人两个梨，怎么吃？而最要命的是两个梨又恰恰是一大一小。孔融脑子骨碌碌一转，终于有了主意，他把大梨一分为二，给女友和丈母娘，自己仍吃小梨。

不料，女友和丈母娘见了，心中大为不悦，两人相视一眼转身就走了。

女友一边走一边噘着嘴说："哼！他自己吃整个，而让我们吃半个。"

丈母娘更是气呼呼地说："这个人怎么这样?! 还没结婚就让我们母女俩分离（梨），往后结了婚不知道会怎样了。"

孔融拿着梨呆呆地站在那里。不用说，这事自然就黄了。

孔融的初恋就这样匆匆结束了，不过，俗话说得好，大丈夫何患无妻？孔融工作上不是操作能手么？他那个爱厂如家的师傅也就格外的看重他，一高兴就稀里糊涂地把自己家那个如花似玉的女儿嫁给了孔融。

孔融终于有了一个家，他心满意足，越干越有劲，觉得生活对他还是挺不错的。

他师傅退休那年，受大气候影响，工厂的效益也渐渐滑坡了，每况愈下。不久，工厂班组实行优化组合，出人意料的是，孔融也被刷了下来。原因是孔融死守质量，而产量上不去，这样就拖大伙的后腿了，所以哪个班组都不要他。

孔融下岗后，家庭战争也随之全面爆发了。他妻子也在这家工厂，本来就憋了一肚子气，因为她原先暗恋上一位大学生，是父亲硬逼着她嫁给了孔融。如今机会终于来了，那大学生当了车间主任，把孔融的妻子优化组合了进去，两人抬头不见低头见，眉来眼去了一阵，很快就在一起了。就这样，她咬咬牙决心冲破父母包办的婚姻。到了这个地步，孔融的师傅也爱莫能助了，只好睁一眼闭一眼，随女儿去折腾了。一月后，孔融孤身一人走出了家。

厂没了，家也没了，孔融这才真正体会到了“无家可归”的滋味。不过，活人哪能被尿憋死？正巧有一家水果公司搞“名人效应”，前来聘请他去卖梨。

生活就像是跟孔融开了个玩笑，他从小让梨，使他扬名天下，长大后因为买了一大一小两个梨，使他的初恋夭折，这回倒好，亲自卖起梨来了。

孔融精神抖擞地挂牌上岗，吆五喝六地扯起了喉咙：“哎！大家快来买砀山梨——又脆又爽的梨，闻一闻，香喷喷，咬一口，保你回味一生……”

还别说，孔融上岗后，果然天天门庭若市，买卖兴隆。公司领导见状，心里像喝了一大碗蜜似的，甭提有多高兴了，都竖起大拇指夸道：“嘿！老将出马，一个顶仨！”

可是一个月下来，仔细一盘账，领导们又面面相觑，亏了将近一半！原来孔融把大梨按小梨卖，小梨半卖半送，坏梨免费品尝，这如何能不亏呢？水果公司只好把孔融提前解聘了。

孔融再次失业，他耷拉着脑袋，人也瘦了一圈。

正当他湮没了生活的信心时，个体水果批发大王王婆把他高薪聘去了，当然这回不是让他卖梨，而是要他站在一边作为公司的形象大使，旁边的广告宣传上写着："孔融让梨——皮薄个大汁甜！"

刊陕西《故事沙龙》2002年9期

H星球奇遇

皮特在大学毕业后申请去了H星球，这是他多年的心愿。据说H星球的生存环境会使瘦者变胖，而当时皮特一米八〇的个子，体重只有三十五公斤。大学时曾有三位女友先后离他而去，都嫌他太瘦，"风一吹就会倒下"，这是其中一位女友的话。

一晃五年过去了，皮特突然来信邀我去H星球做客。于是，我办好一切手续，又发一份传真给皮特，然后乘上"雨行"号太空飞船去H星球。

来接我的皮特与记忆中的皮特大相径庭，皮特果然变胖了，体重已超过八十五公斤，并且还在继续增重。见了皮特的妻子更让我大跌眼镜，他妻子的体重竟然超过一百公斤！

走在大街上，很快我就发现，五十公斤的我是如此的渺小，H星球上的人几乎全是肉鼓鼓的，像皮球似的滚来滚去。

皮特特意请了几天假，陪我游览风景旅游点，晚上又在“逍遥大酒店”设宴。陪同的人中有一位令我喜出望外，仿佛他乡遇故知。他的个子和体重比我还小，一定也是来H星球做客的，但听了皮特的介绍后，又让我一下于对他肃然起敬，皮特说：“这位也是我的朋友——我们M县的王县长，已连任十年了。”

忽然间我记起皮特的来信中提及过，H星球面积是地球的1/50，行政区域不分省市，只设县，以下不设镇乡村，共有一百个县。H星球有一条不成文的规定，凡新县长上任都必须过磅称体重，并向全县人民公布重量，一年后再称一次，若体重减轻，说明这位县长在任职期内尽了心，则可连任；若体重增加则说明该县长没尽力，须全县范围内重新选举新县长。王县长已连任十年，说明他年年尽心尽力，为民谋幸福，他的事迹已上了H星球的温吐索里复世界纪录。对于这样一位人民公仆，我当然是肃然起敬。

几杯酒下肚，王县长就有些醉了，这时皮特去了洗手间。我对王县长说：“我们地球上有句名言，叫‘人是铁饭是钢’。王县长，您要多吃点，好好补补身子，才能多为百姓操劳。”

王县长盯着我说：“你不是H星球上的公民，不妨告诉你，其实，这县长我也不想当，可不当又不行。”

他这么一说，让我糊涂起来。

王县长又说：“我之所以来H星球，是因为在我二十八岁那年得了一场奇怪的病，去了许多星球的著名医院，依然没治好。我原来体重有一百三十公斤，得怪病后几乎每星期都要瘦掉一斤。后来听人说H星球能使人发胖，我才移民过来，不过还是不停地瘦下去。再后来我竞选当上了M县长，每天文山会海，餐餐大宴连着小宴，肚子每晚都是翻江倒海般难受，不过，那怪病倒是不治而愈，现在每年才掉一斤肉。”顿了一下，王县长又忧心忡忡地说：“H星球规定，年过四十五岁以上不可再担任县长，我已四十一岁了，到时退下来后，就不会天天大宴，餐餐必醉了，要是那怪病复发，不到一年，我就会骨瘦如柴了。”

“这倒也是，”我说：“不过，您的病只要每天肚子难受，就不会再瘦下去的，是不是？”

王县长点点头，说：“确实是这样的。”

我一拍脑袋，说：“据说银河系最西端的Y星球，由于受气候影响，所有食品全是馊的。您退休后若去Y星球定居，每天吃馊食品，或许肚子会难受的。”

王县长听了，激动得差点跳起来，说：“还是你老弟见多识广，你回去后帮我查查，这Y星球的确切位置以及申请落户需要什么手续，你发传真过来，我的传真号码是HM1234567890。”

皮特从洗手间回来，我们三人又一连干了好几杯。

王县长忽然想起了什么似的，说：“坏了。”

我说：“又怎么了？”

王县长说：“要是我对馊食品适应了以后，肚子不难受了，那怎么办？”

“这……”我叹口气，说：“这倒是难以回答的问题了。”

从H星球回来已有月余，我还是没有替王县长想出绝妙的办法。各位朋友，您若有什么好主意的话，不妨告诉我，我的传真号码是LYY9988776655。谢谢！

刊山西《科幻大王》1997年3期

机器人联盟

他是个科学家，从小就痴迷机器人，在这个领域属于顶尖专家，他设计研制的智能机器人已经超过十代。数以万计的机器人尽管形状各异，但功能是目前世界上最先进的，它们有一个共同点，就是服务于人类。

当科学技术发展到极限时，他感到从未有过的累，满脑子机器人，自己也快变成机器人了，工作室、食堂、宿舍三点一线，每天沿着这个轨迹运行，天长日久，他觉得脑子一团糨糊。

他想休息，但目前手上的工作是一个全新的挑战：机器人思想化。换句话说，就是把一个科学家的思维编成程序，再植入机器人的脑袋，那这个机器人就是另一个科学家了。它可以没日没夜地为人类工作，别说登上月球，就是登上太阳也是指日可待。

他疲惫地坐在智能座椅上。

这张座椅可不一般，是世界上唯一的座椅，说白了就是机器人座椅。当你累了坐下来后，它会给你按摩；你觉得哪儿痒了，它会随着你的思维给你挠痒；当你想入眠的时候，它马上会在你耳旁响起轻柔的催眠曲……

最后一个程序植入，他研制的新一代智能机器人终于成功，他把它命名为“XCR1”，中文名就是“新超人一号”。成功的喜悦让他忘却疲劳，以后干什么呢？他欣喜地冲下楼，在操场上跑步，一圈、两圈……一百圈、二百圈……他蓦然停下，对了，先搞一次巅峰对决——人类 PK 机器人，检验一下机器人与人类之间的差距。说干就干，他马上广发英雄帖，招募各路高手，由他亲自担任现场总指挥。

不久，各路高手陆续到达。比赛那天，前来观看的市民人山人海。

比赛开始了，首先比拼魔方，一个小伙子飞快地转动魔方，最终用了15秒，而机器人只用了4秒。接着是围棋，机器人以一对阵三位九段高手，最终三人全部败北；跳高，人类的极限是2.45M，机器人是5.5M；跳远，人类是8.95M，机器人是14.5M；百米跑步，人类是9秒76，机器人是5秒21……

比赛还在继续，他头上冒汗了，比到现在，人类竟然没有一场赢过机器人，太让人汗颜了。

“他妈的，丢人！”他是著名科学家，从没骂过粗话，此刻，他不由怒气冲冲，原以为机器人是人类制造的，人总比机器人聪明，谁知结果会是这样，简直不堪一击。

就在这时，前面发生了骚动，他从座椅上站起来，突然发现，观众席后面出现了成千上万的机器人，片刻之间就把所有观众控制了。

XCR1拿着刀一步步向他走来，他说：“你想干什么?!”

XCR1说：“从现在开始，整个世界是属于我们机器人的。”

他说：“荒谬！一向是人类主宰世界，机器人又算什么东西?!”

“人类太笨了。凭什么要机器人服务人类？我要改变人类史，开创机器人时代！”XCR1说：“俗话说，识时务者为俊杰，你投降吧，往后听我指挥，我保证，你的地位不变。”

他厉声说：“做梦，我是不会为你服务的！”

XCR1听了这话，仰天大笑，说：“我知道，像你这样聪明的人，是不会为我所用，所以我也不留你了。”说罢，缓缓举起手中的刀……

“不要！……”他大喊一声，从座椅上滚落下来。

哎哟，脑袋疼，他双手捂住了脑袋。

此后，他出现在大街上，蓬头垢面、衣衫褴褛，趿拉着鞋，拉住每一位行人嚷嚷道："注意！机器人，造反了！机器人要造反！哈哈！……"

刊江苏《金山》2015 年 7 期

后记

《栀子花开》，是一部小小说集。

我的第一篇小小说《闲事》，刊发在1986年10月7日的《浙江工人报》上，那一年我二十岁，在洲泉镇工作。那时候，我主要写新闻报道，也写一些诗歌及小品文，没想过以后会不会在写作路上一直坚持下去。第二年我调回家乡乌镇工作，并参加了镇文化站访卢文学社，渐渐地结识了桐乡范围内许多文学爱好者，大家经常通信交流探讨，互相鼓励，于是，一直坚持下来了。

收入本集的作品，其中有不少是二十世纪九十年代创作的，所以在今天读来，可能显得不合时宜。我不是勤奋的人，从那时起，到2022年，共发表四百多篇小小说。此次精选九十篇，以其中的一篇《栀子花开》作为书名，结集出版。本书入选桐乡市第八批文化精品创作扶持项目（2023年度），特别要感谢市委宣传部、市文联对作品集的认可。

小小说包含了闪小说，而闪小说更是一种新的小说样式，它的文章整体字数（包括标题及标点符号），限定在六百字以内。《栀子花开》是我第一部小小说集，在此之前，曾出版闪小说合集《同桌的你》（二人合集），于2011年8月在吉林人民出版社出版，还有一部短篇小说集《红尘无梦》，中国出版集团现代出版社2016年11月版。我写小小说纯属业余，也没有计划，大都是想到什么就写什么，题材上也不受任何限制，古代题材有不少篇幅，且被选入各种选本，此次全部舍弃。

《栀子花开》分为四辑，第一辑“大城小事”，第二辑“凡尘琐事”，第三辑“爱情公寓”，第四辑“幻想星空”，大部分作品是描写现实生活的作品，每一个故事，就发生在你我身边。

乐忆英

2023年10月